だいわ文庫

暮らし自分流

下重暁子

大和書房

はじめに

自分流の暮らしをつらぬく

もの持ちがいい。

「あら、いいわね」とほめられる洋服など三十〜四十年は経《た》っている。学生時代に着ていたもののもあってあきれられる。

体型があまり変わっていないせいもあって着られるのだが、自分の好きなものしか買っていないので、今でも充分着られる。柄ものはストライプかチェック、あとは無地。素材の面白さや良さに凝《こ》る。デザインもシンプルが一番だから、充分通用するどころか、スカーフ、ブローチなど小物やパンツ、スカート等で全く新しい印象になる。

先日パーティで出会った女性は、日頃からおしゃれな人だが、ベージュの胸に同色系の刺しゅうを施《ほどこ》した三つ揃いのパンツスーツ。四十年前に買ったものだそうだ。

ものを買うことは難しい。だからこそ吟味していつまでも使える、様々に自分で工夫できるものを選ぶべきである。昔のもののほうが物作りがていねいで、素材もいい。今は経済の循環の中で、私達自身が捨てて買う生活に組み込まれている。その中で古き良き技《わざ》が忘れ去られようとしている。

だからこそ本当にいいもの、本当に好きなものを買っておくと、いつまでも着られる。ものにも命がある。私がそのものに惹きつけられて買ったとたんに、そこに私の命も含まれる。向こうから、ものが私を呼んでいると感じる。

本当に自分にとっていいものとは、もののほうから呼ばれたもの、来るべくして私のところへ来たものである。だからこそ命つきるまで大事に使ってやりたい。

昨日と今日、明日は同じ服を着ない。それに合わせてアクセサリーも全て変える。そうしないと気分が変わらない。その日の気候や仕事の内容に合わせて考える。自分を演出するのだ。

うまくいったときはごきげんである。仕事も遊びもはかどる。

世の中には、ちょっといいものが溢《あふ》れている。それらは横目でチラとながめて通り過ぎよう。いちいちつき合っていては、お金も命もいくらあっても足りない。経済効率の輪から少し離れて、本当にいいもの、好きなものを、冷静に選ぼう。自分の手許に来たら、どうやって愛してやるか、それを考えるのが暮らしである。

暮らしとは、言うまでもなく建物や調度品など容《い》れ物のことではない。暮らすための考え方が基本である。私を中心にものを選び、いらないものは買わない。捨てるのは苦手なので、一度手許に来たものをどう違う使い方をするか、ピタリと決まったときの喜びといったらない。私の場合、基本はさりげなく簡素に。無駄を最初から省《はぶ》いてひっそり好きなものと暮らしたい。

失敗もいくつかした。そうやって自分の美意識が作られていく。暮らし自分流をつらぬきたい。

暮らし自分流［目次］

第2章　おしゃれはさりげなく

第3章 本当にいいもの、好きなものを使う

第4章 七十歳からの着物始め

第5章　暮らしの立居振舞を美しく

第1章

住まいを居心地よくする

セットの家具を買わない

毎日の暮らしの中で「個」を持って生きるとはどういうことか。

点検してみよう。まず自分の住んでいる家を、部屋を見渡してみよう。他の家にもあるからという理由で買ったものはないだろうか。

マンションを買うとき、たいていモデルルームを見る。「あら素敵」と思ったのはなぜか？　並べられた家具が素敵なだけかもしれない。それは部屋をよく見せるための小道具である。自分が買ったのは、あくまで「空間」なのだ。

家具が並んでいるイメージで買うために、似たような家具を並べなければいけなくなる。ダイニングセットと応接セットである。リビングルームは、それがなければいけないと思い込む。パターンに合わせているだけなのに、そのことに気づかない。モデルルームはあくまでモデル、一つの例にしかすぎず、空間をどう使うかは、その人の腕の見せどころだ。

ダイニングセットも、応接セットもなくたっていい。もともとは欧米の暮らし方ではないか。食事をするためには日本には卓袱台《ちゃぶだい》があった。脚がたためて持ち運び便利。大きいのも小さいのも人数によって丸テーブルの大小があり、朱塗り、黒塗り、木の色のまま。それを囲む家族と夕餉《ゆうげ》があった。

私だったら、骨董屋で気に入った朱塗りの卓袱台を探す。それをメインにして、あと何をどう揃えるか考える。人真似をしないために、買った部屋で家具のないまましばらく暮らしてみる。段ボールでも木箱でもいい、布団さえあれば寝起きはでき、何が必要かが見えてくる。

モデルルームのイメージを払拭し、自分たちの家族構成、行動半径、趣味を考え、話しあったうえで家具を考えよう。

新しく買うことを考える前に、今までの家具をいかに使うかも考えたい。気に入っていた家具の使い方が見つかったときの嬉しさ。捨てる前にものの命を大切にすることを考えたい。自分なりの暮らしの演出につながってくるだろう。私はインテリアデザイナーにもなりたかったくらいだから、様々に工夫する。私風インテリアが珍しいのか雑誌でよく取り上げられる。

その雑誌を手に、骨董屋で私と同じ古い家具を下さいという人がいるとか。人真似は美しくない。自分の趣味、暮らし方をよく考えて、誰も真似のできない自分だけのインテリアを見つけてこそ楽しい。

「揃える」という考え方をやめる

女性雑誌のグラビアなどを見ていて、いつも不思議に思う。どの家も見事に片づいていて、これで暮らせるのかしらと思う。生活の匂いがしないのだ。住んでいる人の匂いが感じられない。

撮影のために片づけたかもしれず、ふだんはもっと散らかっていて、人間くさいのかもしれない。わが家だって、時々撮影があるときはあわててキレイに整理するから気持はわからないでもない。

どこか一カ所は生活の匂いのする場所を残しておくのだが、その部分はあまり撮影されなかったりする。

グラビアに出ているような部屋は、家具だって全部イギリス家具で統一されれていたり、どこそこのブランド品ばかりだったり、家具の展示室のようで親しめない。居心地が悪そうなのだ。見た目はいいが、暮らそうという気にはならない。

民芸調の家というのがある。古い日本の家具や布を使って飾りたてる。これもグラビアなどによくあるが、すべて民芸調で、こんなところに住んだら、さぞ疲れるだろうという気がしてくる。私の広尾のマンションも日本の古い箪笥《たんす》など置いてあるが、白い壁だけでシンプルな部屋なので、家具は重く感じられない。

居心地をよくするためにはどうしたらよいか。自分らしい空間を作るためにはどうしたらよいか。

私は、〝揃える〟という考え方をやめることを提案する。システムキッチンとか、イタリア製、あるいはスウェーデン製というふうに揃えない。一つのもので統一しないことがコツだ。

バラバラになって、色彩も材質も統一されず、とてもシンプルに暮らせないとお思いだろう。何かで統一することは楽なのだ。ブランドやメーカーを限ることはやめよう。統一するなら、自分の好みで統一することだ。

私は決して家具を統一したりはしない。古い日本の箪笥にイギリスの手作りのダイニングセット、ソファは濃茶の革のスウェーデン製に、テーブルはイタリアと。

こう聞くと、ごてごてしていそうに思われるかもしれないが、何もないシンプルな部屋だから違和感がない。一つのセットで揃えれば調和はあるが面白味がない。どこの国のものでも、私という選び手の目があれば自然に調和するし、選ぶ面白さもある。

家具を買い足すとき

家具を買い足すときは、あるものを基準に考える。

捨てて新たにとは考えない。

好きで買ったものだから、すでにあるものをもとにして考える。

洋服だって同じだろう。今あるもので気に入っているものを中心に、どう合わせて着こなせるか考えるのが、センスの見せどころだ。おしゃれといわれる人は、やたらにブランド品を買い漁《あさ》り、その中に身を置いたりしない。

なぜパリジェンヌが素敵といわれるか。

決して新しいものを着ているわけではないが、組み合わせがうまいのだ。持っているものにブラウスやスカーフなどでちらりと色づけして、新しく着こなしてしまう。

家具だって同じことだ。グラビアに出てくるような家でなくていい。住んでいる人の匂いや個性を感じさせる住まいであってほしい。高価なものや贅沢な暮らしでなくても、何か心に沁みてくるもの、その部屋の主《あるじ》を彷彿《ほうふつ》とさせるものであってほしい。

凝《こ》ったデザインほど使いにくい

私の住まいには段差がない。玄関から上がるのも二センチほどしかなく、あとは平面だから廊下の広さもあいまって、車椅子生活になっても大丈夫。「バリアフリー」という言葉がなかった時代、体が不自由になったときのことも考えずに買ったものだが、ニューヨークで学んだ設計者は、見事にその思想を取り入れていた。

道路からのマンションの入口は階段だが、駐車場から入れば、平面でそのままエレベーターに乗れ、自然に玄関まで来る。便利この上ない。確かめて買ったわけではないが、シンプルを心がけていたらそうなった。

近くにできた超豪華マンションは風呂に凝《こ》っていて、一段上がって入るようになっている。体が不自由になったら不便だろう。段差ができるだけないことこそ大切なのだ。

私も若い頃は西洋式小住宅が好きだった。自分で設計してつくった家は、西欧風の趣《おもむき》はあるが段差が多く、使い勝手の悪いことといったらなかった。母からさんざん文句を言われた。

庭の入口も西洋風鉄の扉であるし、私の部屋の窓には鎧戸《よろいど》に鉄製のバルコニー、二階へ上がるらせん階段。凝ってはいたが、シンプルとはほど遠かった。今から思うと若気の至りであった。あの頃一緒にいた祖母は、さぞ階段など段差で苦労したであろうと思うと申し訳ない。

収納が少ないのも問題だった。日本のかつての家は、縁の下が食料等の収納になり、台所の床下を開けると味噌、醤油などひんやりしたところにあった。押入れも大きく、夏冬の入れ替えの家具が入っていた。階段も引き出しがついて箪笥になる。布団をしまえば居間になり、襖《ふすま》を取れば大きく使えた。屋根裏にもたくさん収納できた。シンプルな中に暮らしの知恵が詰まっていた。

近年、昔の知恵を生かした家ができてきている。もし家をつくるなら、マンションを買うなら、間取りも壁紙などもシンプルに。

それでこそインテリアの腕がふるえる。

マンションを選ぶとき

マンションを選ぶときの大切な要素。

まず名前。「○○ハウス」とか、「○○アパートメント」とか「○○マンション」とかいうのはいいが、聞いたこともないような、フランス語だかイタリア語だかスペイン語だかわからぬ名がついたところは遠慮する。作り手のセンスがわかるからだ。ややこしい名前のものは概して、ごてごてした装飾やつくりになっている。

最近、私の住むマンションのそばに超高級マンションができた。場所は抜群によい高台にあり、豪邸の跡なのだが、モデルルームを見に行ってやっぱりと思った。

マンションの入口から、まるでイタリアの貴族の邸のようなドームの中を通る。共用部分にお金をかけた飾りがある。庭は刈り込んだヨーロッパ式庭園。実に人工的にできている。

把手《とって》など金ピカ。照明具なども豪華だ。たまに行くならいいが、こんな家に毎日いたらきっとくたびれてしまうだろう。欧米の人々には向くかもしれないが、淡泊で、自然とともに生きてきた民族である日本人の性質には合わない。最近はそうでない日本人も増えてきているが、私はいやだ。

今、住んでいるマンションは実にさりげない。緑が多く都心で便利、庭は四季折々の花や木々が植えられ、電柱や電線のないケヤキ並木の道は歩いていて気持がいい。

デザインもシンプルで、外観は濃いめのベージュ、内側はオフホワイト一色である。天井は高く、廊下は広い。間取りも実にわかりやすく、玄関を中心に左右に寝室などプライベートゾーン、接客を兼ねたリビングルームのオフィシャルゾーンに分かれているだけである。無地のオフホワイトの壁なので、何を飾っても合う。

玄関を入った廊下の壁には、昔の蔵の戸を二枚並べて飾っている。一枚は網戸で、一枚はケヤキの一枚扉。塗りと錠前が見事なものを、骨董屋で見つけて預けてあったのを立てかけた。私が蒐《あつ》めている藍の筒描《つつが》きの祝布団をタペストリー代わりにかけてもいいし、古い信楽《しがらき》の壺も合う。

シンプルな住まいだからこそ、何だって合うのだ。

これが柄物の色がたくさん入った壁紙ではどうだろう。家具やインテリアも合わせにくい。イギリスなどの小住宅は細かい模様の壁紙にデコラティブな椅子など見事に合わせているが、長い伝統あってのこと。おいそれと真似はできない。

インテリアの色について

インテリアというのは、色彩によってセンスがわかってしまう。調和、あるいは破調によってだいたい決まってしまう。形は後からついて来て、それほど気にならない。

私の家のリビングのインテリアは、様々な国の違った形のものが混ざっている。ソファはさび朱色の二人がけの布製、朱の色が気に入って買った。隣にはフランス風淡いグリーンの布の一人がけオットマン付きの椅子、そしてベージュに茶の縞のウインザー調イギリス椅子、テーブルはわが家に昔からある紫檀《したん》の座卓。

少し離れてアンティークのイギリス家具で、食卓と六脚の椅子、その一脚ずつの形が微妙に違う。食器棚はスウェーデン製で、テレビの載っている台はイタリア家具のセールで買った藍色のタイル、部屋の隅にあるのは仙台の小ぶりの古箪笥と船箪笥。その上に信楽の壺など……こう書いていくと全くバラバラで統一がとれていないように思われようが、私にとってはもっとも居心地のいい空間であり、知人たちも「あなたらしくて落ち着くインテリアね」と言ってくれる。

私という人間の目で選ばれているので、出自《しゅつじ》も古さも色々だけれど、統一感があるのだろう。家具店やデパートなどでは同じ会社の製品で統一されたものを売っているが、それでは自分が借りものになってしまう。自分の目で選んだ様々なものの調和を自分で創り出すことが楽しいのだ。

照明も全体は天井のダウンライトが星のように一定の間隔できらめき、後はスタンドなどの間接照明にしている。蛍光灯は使わず、昔からの電球のあたたかな色を愛してきた。

日本には古来「陰影礼讃《いんえいらいさん》」という灯《あか》りの影をいとおしむ風潮があるが、ちょっと照明を下から当てるとか工夫をするだけで、観葉樹の葉影がガラスに映って雰囲気を醸《かも》し出す。

私の好きな家具専門店は南麻布の住宅の奥にひっそりとある「武市」というイギリス家具専門店。自分の家に帰ったようにリビング、寝室、書斎などがしつらえられ、ここで紅茶などをいただいていると豊かな気分になる。散歩の途中でふらりと立ち寄って、何がどう使われているか見ておいて参考にしていたが、残念ながら主人が急に亡くなり閉店した。

麻布十番の「はせべや」という古美術店など、店の主人と仲良くなって立ち話をしたり、いいものを見たり、暮らしのための工夫を学んでおく。

ついに見つけた「ヤマハ文化椅子」

子供の頃、わが家には折りたたみ式の洋風椅子が四脚と、そのためのテーブルがあった。テーブルと椅子の手すりなどはマホガニー製、椅子の背もたれと座る場所はブルーの濃淡の縞《しま》だったと思う。

わが家は転勤族で、二、三年おきに父の転勤がある。引っ越し屋が今のように何でもしてくれるわけではない。車ではなく列車だった。荷を少なくするために、応接セットなどは簡便なものにせざるを得なかった。

転勤先は官舎で、一軒家を借りるわけだが、日本家屋がほとんどである。まわり廊下のある純日本式の家は好きだったが、絵描き志望で果たせなかった父はハイカラ好きで、座敷に鍋島の緞通《だんつう》を敷き、その上に応接セットを置いていた。

私が大きくなってからもそのセットは活躍し、背もたれや座の部分を張り替えて、私の仕事先に持っていって使ったりした。その後はしばらく等々力《とどろき》の実家の納戸《なんど》にしまったまま忘れ去られていた。

父はよく母をモデルに絵を描いていて、母を描いた父の油絵が数枚残っている。私は父に戦後反抗を続けたので、モデルになったことはない。

母を描いた五〇号ほどの絵には、なつかしい折りたたみ椅子が描かれていた。その椅子に母が腰かけている。ひじかけの下の部分の飾りとして、丸い穴が三つ上から並んでいる。他に類のないしゃれたデザインだった。

軽井沢に冬用の小さな山荘を増築したので、ストーヴの前に置くには、ちょうどいい。等々力の納戸を探してみたが、見当たらない。母が亡くなって整理をした際になくなったのかもしれない。ないとなると残念だ。私にとって思い出のある大切な品を再生させてやりたかった。

軽井沢の夏用の家には、等々力で母が亡くなるまで使っていたソファとテーブルを使っている。ソファはぼろぼろで中身ははみ出しかけていたが、白地にベージュの細いチェックや縞の布を馴染みの店で張り替えたら、新品同様になった。

買ったほうがかえって安いといわれたが、どうしても捨てる気がしなかった。あのソファには母の匂いが沁みついている。座っていた姿が焼きついている。父母も一緒に軽井沢の山荘に来てほしかった。その思いが古いソファをどこにもない新品に変えた。

ものを大切にするとはそういうことではないかと思う。命がなくなるまで使い切る。父母の思い出も残る。古いから捨て、すぐ新しく買う消費社会からは心は育たない。ものにも心があるのだ。ヨーロッパでは、代々祖父母から父母に子に家具が伝えられる。伝統が生きているのだ。

さて件《くだん》の折りたたみ椅子だが、どこを探しても見つからず、アンティークショップにあったとしても高価だと聞いた。

ある日何気なくカタログハウスから送られてきた「通販生活」をめくってい たら、あの椅子を千個限定で復刻するとあった。ヤマハが大正時代につくった「ヤマハ文化椅子」という。布は濃いグリーンになっていたが、まぎれもない、あの椅子だ。

「通販生活」の編集者に話をして六脚揃えた。その椅子に座っている父の描いた母の絵を見せると、取材したいという。軽井沢に来てもらって、その絵と、求めたヤマハ文化椅子を撮影した。

木造りの小住宅の居間にぴったりで、昔が戻って来た気がした。

リフォームのタイミング

本格的リフォームや引っ越しはエネルギーが必要である。年をとると、自分でいかに希望しても体が動かなくなる。若いときは思い立てば夜中でも箪笥や椅子を移動させて、気に入った空間に変化させたが、今は思いは溢れても気力が続かない。

やろうと思ったときにやってしまわなければ、いつかやりたいでは結局何もできない。心地よくさわやかに年をとりたいではないか。自分でもイライラする空間の中に身を置いていると精神的にもよくない。

老後を気分よく過ごすためには、環境づくりも大切だ。ある年齢を過ぎると億劫《おっくう》になる。まあいいか……と気に入らぬ空間の中に身を置いたまま年をとっていく。
力のあるうちに「エイヤッ」とやってしまうことも大切なのだ。

つれあいに明け渡した部屋は、かつて私の仕事部屋であった。壁面全体が本棚でおおわれ、それでも余った本やら資料やらが散らかって、他の人に触れられるとわからなくなった。

家でものを書く仕事が多いから私の場合、どうしても仕事部屋が必要、しかもできるだけ生活と離したい。そこでリビングルームの西側に、もともと日本間だったのをリビングの続きとして板敷きにした八畳ほどを書斎とすることにした。

音が聞こえにくいように厚さ四センチはあるナラの木の三枚の扉でリビングとの間を仕切り、同じ木材で作り付けの本棚を天井から壁全面に。二層に本を入れてもまだ足らず、あちこちの空間に本や資料を積みあげてある。

父親の書斎から持ってきた巨大な木の机は窓側に置く。扉を閉めればそこは日常と区切られ、夕日がビルに反射する光も、やがて闇が訪れると浮かび上がるモルモン教会のタワーの照明も心を慰めてくれる。

ここまでにするのがたいへんだった。考え始めてから二年、考えているうちは楽しかった。新しいものを買うのではなく、できるだけあるものを利用する。つれあいの部屋の作り付け洋服ダンスは本棚を改造したもの。もう一方の本棚は、取り外してキッチンの壁に置いたらすんなり収まった。コーヒー、紅茶やキャンディ、茶道具など棚の利用法はつれあいが上手に置き場を考えて、楽しげに出来上がった。

簡単なことは知り合いの大工さんに。本格的なものは馴染みの西洋家具の店に、気に入った木の扉や本棚など作ってもらった。ついでに玄関の靴箱も同じナラ材にしたら生まれ変わった。

いざ工事となると荷物を移動しなければならない。とりわけ本の移動はたいへんで、私たちだけでできるものではない。知り合いの編集者に頼んでアルバイトの学生や配送会社に勤める男性など、多くの人の尽力でやっと片づいた。

年齢的にぎりぎりだったと思う。その時期がいつかは人によって違うだろうが、私の場合リフォームに踏み切り生活を変えるためにはそのときが限度だった。それより早くても機が熟さず、遅いと気力が続かない。

照明と部屋の雰囲気

いつも待ち合わせたホテルオークラの旧館ロビー、広々とした空間に障子が映《は》え、間接照明が柔らかかった。

私にとって恋人と呼べる唯一の人のなめらかな声が斜め上から降ってくると、異空間に連れてゆかれる。

大学時代に、全く知らない人に一目惚れ――一年後に仕事で再会してから十年近く、私は生活から足を離して上《うわ》の空で生きていた。

行先は映画を見た後六本木のイタリアンレストラン、地下への階段を下りる。仄暗《ほのぐら》い部屋の片隅に身を潜《ひそ》める。テーブルの隣のガラス戸の向こうに様々な花や緑が植えられている。

私が好きなのは、二階の照明。赤や緑の布で長方型に灯りがおおわれている。戦時中の灯下管制を思わせるが、目も彩な色が、その記憶を吹き消す。定番は、バジリコとオーソブッコ。何の話をしたかよく憶えてはいない。灯りのちょっとした工夫で異空間の主人公になれたことだけが残っている。

ウェイターの男性は帰る際、いつも同じ言葉をかけた。

「今日は何の映画を見ましたか？」

彼と別れてから足が遠のいたが、ある仕事の打ち合わせで十年ぶりに訪れた。すっかり白髪で支配人になった男性が帰り際近づいてきて言った。

「今日は何の映画を見ましたか？」

他の人に気づかれぬよう小声で、目くばせをして……。

遠い日のことである。しかし私の心の奥には、その灯りがゆらめいて消えそうで消えずにいる。

今のマンションの部屋では様々なスタンドを楽しんでいる。

ピアノの上にはお気に入りのランプ。

食卓を照らすのは、ろうそくを三本かたどってガラスでおおった灯りである。

今原稿を書いているスタンドは、まだNHKでアナウンサーをしていた頃、産経新聞記者（当時）だった俵萠子《たわらもえこ》さんにいただいた。

「あなたが下重さん？　高校の後輩なのよね。今度出す本『ママ日曜でありがとう』の出版記念会で司会してくれない？」

一面識もない女《ひと》の申し出に面喰《めんく》らいながら、お手伝いしたお礼にといただいたものだ。

笠はボロボロになり二度取り替えた。俵萠子さんは亡くなったが、スタンドは私の仕事を見守っている。

運命の出合い！　簡素な軽井沢の山荘

軽井沢に、小さな山荘を買った。旧軽井沢のかつて欧米の宣教師が拓《ひら》いた地で、当時九十歳を過ぎたアメリカの老婦人の持ち物だった。

彼女は南青山に住んで、軽井沢には夏の二カ月間しか来なかったそうだが、グランドピアノを置き、ヴィオラを弾く妹と時々合奏を楽しんだという。

決して贅沢な暮らしではない。山荘はこの上なくシンプルで、風呂はなくシャワーだけである。天井の上まで吹き抜けの居間には、太い梁《はり》が通り、日本の障子を効果的に使っている。

人の建てた家というのは、趣味が合わないものだが、そのシンプルさが気に入った。もの自体は贅沢ではないが、簡素な暮らしの中で贅沢な時間を楽しむ老婦人の心に触れた。

たとえ二日でも三日でもいい、贅沢な時間を過ごすために毎年山荘を訪れる。私も家を買ったというより、その心を買った。シャワー室だけは風呂に直したが、できるだけ、そのままの姿で使いたい。

五月、落葉松の芽吹きの頃、必要な荷物を運んだ。高い梢《こずえ》と梢が触れあって、微《かす》かに鳴る。キツツキがドラミングを始める。木漏れ日の中で、ベランダで朝食を食べる。いつもと変わらぬ食事なのに、なんと満ち足りていることだろう。たまにトゲトゲするつれあいとの会話も、軽いユーモアで過ぎる。

一日中本を読んだり、庭を散歩したり、ぼんやりしているだけで充分に幸せだ。東京にいるとあっという間に過ぎていく時間も、ゆっくりと時を刻む。

時間がゆっくりしているのではない。その中に身を横たえている私自身の心がゆったりしているのだ。同じ時間なのに、こちらの感じ方一つでこんなにも違うものなのだろうか。

目の前を横切っていくものがある。先刻まで幹をつついていたアカゲラだ。はるか下にある教会の鐘の音が、風にのって聞こえてくる。「じーっ」と鳥かカエルかわからぬ声は春蝉《はるぜみ》だ。隣の庭には、レンゲツツジの朱が鮮やかだ。

夜、ベランダの外を白いものが渦まいている。外灯に照らされて動いていくのは霧だ。欧米人が最初に軽井沢を選んで避暑地としたのは、この霧のせいではなかろうか。イギリスなどは霧の深い土地柄だ。軽井沢の霧に懐かしさを感じたのではなかろうか。

見事にシンプル、吉村順三氏設計の木造建築

簡素な生き方の練習を、私は軽井沢の山荘でしている。都会の暮らしは煩雑《はんざつ》で、ものや情報に溢れ、仕事はその中でせざるを得ない。夏の間は本拠を山荘に移し、必要最小限のものだけ持っていく。

山荘は木造の質素なもので、全部で二十四坪ほど、寝室、仕事部屋と吹き抜けのリビング。机や椅子も実家にあった古いものだ。壁は外材のベニヤ、窓は障子、小さな教会のような趣のあるリビングにシンプルな暖炉。簡素だが実におおらかで美しい。住めば住むほどその良さが沁み込んでくる。

一目で気に入って買ったこの山荘は、日本建築で第一人者と言われた吉村順三氏の設計だったのである。カニングハムという軽井沢を拓いた頃の宣教師の

娘、一〇〇歳で亡くなったエロイーズのために造られた家が人手に渡り、偶然にも私のところに来た。

吉村氏は軽井沢の別荘を数多く手がけたアントニン・レイモンドの弟子。聖パウロ教会やペイネ美術館など飾り気のない質素な造りから多くを学んだ建築家だ。

ほかの別荘地と違って軽井沢は欧米の宣教師が拓いた。政財界の大物が別荘を作るのはずっと後のこと。あくまでも簡素で美しいことが条件だった。その伝統を引き継ぐのが吉村氏設計の山荘である。

豪華できらびやかなものが美しい、と思う人には何の値打ちもないただの山荘にすぎないかもしれない。しかし、見る人が見ればわかる。

おおらかな障子の縦横の計算されつくした寸法、雨戸、ガラス戸、網戸、障子戸、すべてが左右の戸袋に収まり、窓外にすっくとのびた落葉松やモミ、ヒノキなどの樹々の向こうに山が見える景色は一幅の絵である。

ベランダの椅子に座って、小鳥の声と梢を行きすぎる風の中で、朝食も昼食も、読書もする。キツネやテン、カモシカ、クマ、イノシシなど獣たちの気配、陸続《りくぞく》として土中から目覚める様々な芽のざわめき……。山荘で過ごすようになって、忘れていたものを思い出した。風の音、雨の匂い、霧の巻くさま、人間も自然の一員だということを思い知らされる。

都会の暮らしの中では、遮断されて見えないもの、聞こえないもの、それが自然を呼吸する木の質素な家だからこそ感じられるのだ。

冬用の小さな棟を建て増す

十月末、落葉樹の雨が降る。黄金色の棘のように細い松葉が音もなく落ちてくる。その下にたたずんでいると、私自身が同じ色に染まって、松葉の一本になって土に埋もれていく気がする。

ただ忙然と立ちつくす一刻、私は私でなくなる。自然の中で呼吸する小さな生き物と化す。

十月の声を聞くと急に寒さが増し、朝晩は十度以下になり、やがて十一月も近づくと零度になっても不思議はない。吉村順三設計の家は夏向きにできているから、エアコンと暖炉ではなかなか暖まらない。天井も高く吹き抜けで、厚着をしても限度がある。

なんとか秋から冬の季節を味わえないか。

「冬が一番だよ」

作家の加賀乙彦さんの言葉も気になっていた。軽井沢高原文庫理事長でもある加賀さんは、夏の高原文庫の集いの後、愛用のワインを手にして夜はわが家を訪れ、ペンクラブの友人達と酒酌みかわし、花火大会で終わる。

最後の競演は線香花火。ベランダに並んだそれぞれが、かそけき灯を見守りつつ手に持って様々な花を咲かせたかと思うと、急にポトッと朱い玉になって落ちてしまう。

あのはかなさに魅せられているが、最近は中国製が多くなった。昔からの江戸の老舗のものを友人がプレゼントしてくれたが、もったいなくてなかなか使えない。

落葉松の雨に地面がおおわれる頃、すっかり見通しの良くなった庭に鳥や獣の姿が見えやすくなった。

木の実をつついていた小鳥たちが餌をねだるようになり、道を横切るテンやリスの毛並が輝いてきた。

夕日の中をとぼとぼ山に帰る老いた獣はイノシシだろうか。あるとき、夕方タクシーで山荘に着いたら十頭ほどに囲まれてしまった。

彼等は夜の間に苔を掘って虫を見つける。同じ山麓にクマも棲んでいるらしいが、私はまだ会ったことがない。すぐ近くの作曲家、三善晃《あきら》さんの家には毎晩やってきたと聞いていたが……。

眠るものは支度に入り、山に雪が降った朝、無数の足跡がついている。小さなのはウサギだろうか。タヌキやキツネ、そして掌《てのひら》の二倍ほどの大きな足跡。ひづめの跡もあって、ニホンカモシカだと判明した。

散歩中、彫像のように隣の庭に立ちつくしていた。傍を通ると目が動き、「生きてる！」と私はすっとんきょうな声を上げた。

「うちへもおいでよ」とつれあいが言っている。二人共どうしていいかわからなかったのだ。

様々な足跡が新雪の中を森に向かってまっすぐについている。すべて雪に吸いとられて無駄な音はない。

どうしても冬も過ごしたくなった。知り合いの建築家、中村好文《よしふみ》氏に相談して冬用の家を作った。斜面を利用し「吉村さんの夏の家に、寄り添うように」とだけ注文した。

一冬中暖房はつけっぱなしでも大丈夫。目盛りを低くし、私達がいるときだけ高くする。好文さんの家は、機能的なのに遊びがあり、私の仕事部屋は地下だが、小鳥が窓をつつきにくる。

吉村順三設計を「夏の家」、中村好文設計を「冬の家」と名付けることにした。

山荘暮らしで四季を味わう

軽井沢の二軒の家は軒《のき》を接してはいるが、全く別の空間だ。夏場には両方使えるので、客のあるときには夏の家を開放し、毎年自分の家のようにもどってくる一家や、鳥見の友人達。二階と一階に寝室が二つあり、多人数のときには吹き抜けのリビングに雑魚寝《ざこね》で十数人ということもある。

私達は冬の家に避難して、夏の家の彼等から「管理人さん!」などと呼ばれている。

中村好文氏は小住宅を得意とし、自らが楽しんで作っているので、窓の一つひとつ違っていて、最初は面喰らうこともあったが、すっかり馴染んでしまった。

家具を吉村順三氏に学んだので、キッチンとリビングの間のテーブルや椅子も作りつけで使いやすい。引き出しも便利に区切られ、香辛料用や調味料入れなど細かい神経がゆきとどいている。奥にしつらえた漆黒《しっこく》のシンプルなストーブは外から火が見え、燃やすとまたたく間にぬくもる。

ここにも私は、マンションで使っていた革張りの一脚ずつ分かれる大ぶりのソファを張り替えて使っている。私の猫たちがつけた爪跡で無残に裂けていたのが蔦《つた》模様の布張りにしたら、全く新品になった。

テーブルは、私が山中温泉の古民家で見つけたヒノキをくり貫いた見事な火鉢、その年輪をめでていたら、

「そんなに気に入ったなら差し上げますよ」

と主が言った。

廊下の隅に置かれて使われていなかったが、よほど私が欲しそうに見ていたのか、重い荷が後日送られてきた。もう一つここには、食器入れとして階段箪

笥がある。仲良しの麻布の道具屋で見つけた小ぶりなもので、奥行きが深く、大皿を入れるのに重宝している。

あるものをいかに使うかが私の腕の見せどころである。わが家に来た人は気がつかない人もいる。

もともとが宣教師の拓いた地だから、さりげなく質素なたたずまいながら豊かな空間が心地よく、外から見たら素朴な小屋にしか見えない。

豪華な政財界人のような別荘を想像してきた人は、明らかに落胆《らくたん》し態度に出る。その人の美意識がわかって、秘かに私はそれを楽しんでもいる。

ベランダの手すりや床が腐ってきたので、今秋、それを新たにし、庭の丸太の階段も佐久石に替え、浅間石を加えてお茶を楽しむピロティを作った。

軽井沢のレイモンドや吉村順三の古い建築を保存するＮＰＯができ、わが家も保存するものの中に入っている。

第2章

おしゃれはさりげなく

ふだんの装いに気を抜かない

私の母がまだ元気な頃のことである。私が家ではラクな格好ばかりでおしゃれをしないことを母はいつも気にしていた。外で人に会ったり、人前に出るのが仕事だから、ふだんはリラックスしていたいのだが、やはり気をつけたいと思う。

ちょっと気がゆるんだときに年が出る。適度な緊張感は大切だから、プライベートな時間も気をつけておしゃれをしたい。

若いときには若いときの美しさがあり、年をとってもそれなりの美しさがある。年をとってからの美しさは、「いい顔」なのだ。よく男の顔は履歴書といわれる。男の顔はその人の人生、特に職歴を表しているが、女の顔はその人の生き方、考え方が出る。自分の顔に責任をもって、少なくとも今より「いい顔」になりたいものだ。

そのために、鏡をいつでも見られるようにした。リビングの壁一面に張って全身を映し出せば、食事時でも姿勢を正す。乱れた格好の醜い自分と対面したくないから気をつける。

お化粧はしないが、パジャマやガウン、ジャージー姿でいることはなく、少なくとも食事にはきちんとした格好で食卓に向かう。つれあいもそのことにはうるさく、お正月などは、二人きりでも、着物を着て過ごすことで気持が整えられるのだ。

今も手放せない一点ものの服

最近まで、大学時代に買った洋服を着ることがあった。さすがにあの頃のようにスレンダーではなくなったので、着ることが少なくなったが、今でも着たいと思うものがある。首が長すぎるので、ハイネックのものや、一品ものを探して買ったり、着るものには情熱を注いでいた。材質のよい定番のものは、いくつになっても着られる。

花柄などはスカーフやブラウス以外は着ないし、無地、ストライプ、チェックなどベーシックなものが多い。

NHKに入ってからは、一年先輩の野際陽子さんがやっていたのを引き継ぎ、森英恵《はなえ》さんの銀座店のサロンでショーの手伝いをした。ハナエ・モリが世界的に知られる前で、表参道のビルもなく、ショーは銀座のサロンが中心だった。顧客のみの招待で、手の届くすぐ目の前をモデルたちが歩く。

ベラちゃんこと入江美樹さん（現・小澤征爾《せいじ》夫人）、初めてパリコレのピエール・カルダンのモデルになった松本弘子さんをはじめ個性的な、人間としても魅力的な人たちで、リハーサルの合間に一緒に食事をして親しくなった。ベラちゃんは、いつもベラママが一緒だった。数年前、松本で夏行われる「セイジ・オザワ　松本フェスティバル」の演奏会の後、楽屋に小澤征爾さんを訪ねるとベラちゃんがいて、あの当時のことを憶えていてくれた。「セイジ！　下重さんよ」と紹介された。ベラちゃんはモデルという以前に、美しく可憐な入江美樹という一人の女性の感受性があった。

彼女たちが着るとみな素敵で、ナレーションをしながら私も好きな服を物色した。ショーが終わると、モデルたちの着たものも現物で売られる。背丈はともかく、やせ方だけはモデルサイズだったので、一着か二着買った。一度着たものだから安くなっていて、私の手にも負えたらしい。

そのとき買ったものは一点ものだし、ショーのため特別に仕立てられていて、今も洋服ダンスの奥にあり、思い出して着ると、たいていほめられる。あの頃はすべてがていねいで手が込んでいたから、今探したくともないものが多い。

エルメスや、ルイ・ヴィトンの店でも、もし昔のものを持っていたら大切にしてほしいと言われる。これからはできない技術や品質のものが多いのだそうだ。

何気ないデザインなのにラインがきれい

ブランドものにこだわることはないのだが、最初の仕事の出合いが森英恵さん。一目でそうとわかるものは避けて買っていたので今でも応用がきく。

NHKをやめて民放のキャスターを務めたときは、数が必要で、色々浮気をしたり、オーダーしたこともある。当時、私が気に入っていたデザイナーは細身のセンスのいい男性だったが、男同士の恋愛のもつれから自殺してしまった。

その後は、日本にも日常的に入ってくるようになった外国のブランドを買うことを覚えた。

スタイリストをやっていた友人のすすめでソニア・リキエルのニットものが気に入り、細身のぴったり身につくサイズは、そのままハンガーにぶら下がっている。

毎年のようにパリに出かけて、サンジェルマン・デ・プレのソニアの本店をのぞくのが楽しみだった。決して目のとび出る値段ではなく、リーズナブルでありながら、私の体型に合ってくれる。

どのくらい洋服を買ったろうか。軽井沢銀座のイタリアものを売る店や馴染みのところは二、三あるが、それ以外で衝動買いすることはあまりない。何かのまちがいで買ったものは、たいてい一度も手を通さずにある。

現在の一番のお気に入りはジョルジオ・アルマーニ。銀座のアルマーニ・タワー婦人服のアドバイザーと相談して、本当に気に入ったものを一シーズンに一〜二着買う。何気ないスタイルなのにラインがきれいで、着ると際立つ。円高の頃は、バーゲンまで待つと、イタリアで買うのと値段も変わらなかった。

贅沢と思われるかもしれぬが、年をとったら、本当にいいものを少しだけ、いつまでも着られるように知恵を働かせたい。

なりふりかまって仕事をする

女も男も、本当におしゃれになった。かつては「なりふりかまわず仕事をする」というパターンがあったけれど、今でははやらない。やはり身ぎれいに、自分もおしゃれを楽しんで、仕事をする。仕事をするときも、楽しくやるためにおしゃれをする。

亡くなった作家の向田邦子さんは、ものを書くときは仕事服と呼んで、一番よい生地の着やすいものを選んだという。

その気持が私にもわかる。いくら家で仕事をするにしても、心楽しくするためにはいいものを着たい。家だから、人に見えないからと、だらだらした格好ではいいものは書けない。

まして、外で人目に触れる仕事であれば、自分はもちろんだが、人が見ても素敵だな、と思えるおしゃれをしていたい。その人らしく個性的に。

形よりも中味という人がいるが、正論にしても、形から入ることだってあっていい。形を整えることで、中味がそれに伴って充実してくることもある。中味がいくらあったって、形に表現しなければ、人様にはわからないし、その意味でもおしゃれは大切なのだ。

おしゃれのセンスは、やはりその人の生き方のセンスにかかわってくる。てらてらと飾り立てるのが好きな人は、やはり生き方が賑《にぎ》やかだ。さりげないおしゃれが好きな人は、生きる態度もさりげない。おしゃれを見れば、その人がわかってしまうから恐ろしい。

違いが個性だと、私は思っている。人との違い、自分にしかないものをいかに際立たせることができるか。皆と同じことをすれば、その瞬間に一つ自分の個性が落ちていってしまう。いかに自分で選び、自分で自分のファッションセンスを磨いていくか……。生き方を自分で考え、選んでいる人は、決して人真似などしないはずだ。

若い恋人同士の場合、女が髪を切ったり、洋服の好みが変わると、男性は、「別の男ができたかな」と嫉妬するのだという。

ばからしい。

最近の女たちは、つき合う相手の好みに合わせておしゃれをしたりはしないはずだ。自分の気持ち、自分の生き方が変えたくなって、着るものや髪形が変わったにすぎないのだろうに。

どんどんおしゃれをして、自分らしさを発揮しよう。いくつだからとか、他人が何か言わないかしら、といったおしゃれは楽しくない。自分の内なるものをおしゃれに表現するのだ。

おしゃれは想像力と冒険心

仕事柄、人と話をする、人前で話をすることが多い。

以前放送局に勤めていた頃は、アナウンサーだったから、ゲストの話をうかがったり司会をする場合、自分が主役ではない。ゲストや出演者を立てなければならない。だから少し服装は控え目にと心がけた。といって私らしさがどこかに光っていなければいやだ。スカーフやブローチなどでアクセントをつける。ただし、首飾りやイヤリングなどブラブラ揺れるもの、光るものはつけない。

今は、講演などで人前に立つ。私がメインだから、あまり控え目でもいけない。ただし、今度は聴いて下さるお客様によって服装を変える。数千人入る大都会のホールならそれに合うよう、また地方の労働組合や働く人との集《つど》いには、一人だけ浮き立たない格好で。

対談や取材にはテーマに合わせ、その日の気分や季節を考える。私の場合、仕事用ファッションとは、その空間に自分を置いてみて絵を描くのである。場所、雰囲気にしっくりいくにはどれがいいか。しかし旅先などでは、旅行着として楽で、どこか一カ所、ベルトやスカーフのアクセントで雰囲気が変わるよう、小道具を用意していく。

勤めていた頃も、私のハンドバッグには、いつも変身用の小道具が入っていた。日本では、たいていパーティや音楽会、観劇は、六時か七時に始まるから、家へ帰って着替えるわけにいかない。かといって一式持参では荷物になる。小道具でいかにうまく自分を演出できるか。ぴたり、その場にはまったときは嬉しい。出かけてみなければ、その場を確実につかめないが、想像してみる。そんなときは心がはずむ。おしゃれというのはいわば想像力である。想像力は創造力につながる。

ファッションセンスを磨くには、良いものを見る。身につける。使い方に自己流の工夫を入れる。若い人たちはその組み合わせが自在で面白い。

ファッションとは冒険だし、好奇心。いつも無難な格好はいただけない。

人目ばかり気にする。私はいくつだから、人が何か言うからと、外的条件ばかりでおしゃれをしていると、自然にオバサンという枠にはまる。

自分の内側の欲求にしたがい、自分らしく粧《よそお》う。「無難」や「安全」という言葉はとり除きたい。

スカーフ一枚で小粋な演出

おしゃれのポイントは？　と聞かれたら、スカーフと答えるほど、スカーフが好きだ。かれこれ百枚はあるだろうか。ちょっと目につくものがあると買ってしまう。値段も洋服に比べれば高くはない。

ジャラジャラぶら下げるものは嫌いなので、アクセントはスカーフ。大判からハンカチ大の小型まで様々ある。この夏は細かい水玉の紺に赤、黒に白など、色違いの木綿に凝った。首に小さく巻きつけてアクセントにした。

秋になって少し大型のものに切りかえ、もう少し寒くなったら、すっぽり頭をおおって、風の強い日など防寒にも役立てよう。

スカーフを頭に巻くには様々な方法がある。かつてはやったものには、長方形のものを軽く巻いて肩で前後に流す「真知子巻」があった。映画「君の名は」で、岸惠子扮する真知子の真似を私もよくしたものだ。

外国ものではなんといっても、オードリー・ヘップバーン。「昼下りの情事」だったと思うが、頭にキッチリ巻いたスカーフを前で交差させ、さらに後ろへまわして結ぶのがはやった。「ファシネーション（魅惑のワルツ）」の曲とともに、その可憐さに魅せられたものだ。

このところ、映画からファッションがはやることが少なくなって寂しい。映画が斜陽になったせいもあろうが、スカーフの結び方、使い方にも新しさがない。

「夏の黒」は美しい

夏になると白が増える。街を行く姿も、白か薄色がぐんと優勢だ。濃い色はしたがって影が薄くなる。夏に比較的多い濃い色といえば、紺だ。紺と白との組み合わせが圧倒的に多い。黒はどこへ行ってしまったのだろう、私の大好きな黒は。

私は黒が好きだ。とりわけ、夏の黒は素敵だと思っている。私は夏になると、よけい黒が着たくなる。それも他の色と組み合わせるのではなく、黒そのものが着たくなる。

シンプルな原型に近いワンピースに、黒のエナメルの靴、半袖や袖なしからのぞいた腕が白く浮き出して黒をひきたてる。特に若いセンスの良い女性の黒は、細いうなじと、のびきった長い脚とがよくマッチして見ているだけでも楽しい。

夏こそ黒を着よう。冬の黒は重く、コチンと身をくるんでしまうが、夏の黒はあでやかだ。黒を通して肌の息づくさまが伝わってくる。

黒に憑《つ》かれた人は多い。女優で名エッセイストでもあった高峰秀子さん。様々な色を着たあげく黒に到達したといわれる。

真昼の太陽の下の黒は強烈な個を感じさせ、宵闇《よいやみ》がせまれば、何かが起こりそうな期待に優しくそよぐ。夏の黒は美しい。

男のおしゃれを愛《め》でる

「きゃりーぱみゅぱみゅ」という舌を噛みそうな名前の歌手がいる。私は彼女のファンである。歌というよりあのファッションだ。自分で考えたというファッションが際立っている。多くの色彩を用いた手の込んだデザインだが、品が悪くない。色彩感覚が抜群である。世界ツアーを毎年やっていて人気だというのも、あの個性が受け入れられるからだろう。

そして引退が惜しまれる安室奈美恵。歌や踊りは言うまでもなく、ファッションセンス抜群で、「アムラー」という女性達を生み出す社会現象になった。

芸能人ばかりでなく、誰もが若いときに自己主張したくなるのが服装である。

私も中学・高校時代はおしゃれに気を配っていた。父の転勤で大阪在住だったので、女子ばかりの樟蔭中学の制服は緑のネクタイと緑のラインのあるセーラー服。腰にはボタンがついたしゃれたもの。高校は月・雪・花というまるで宝塚のようなクラス名や、大学生が式典に着るのは黒の着物に緑の袴《はかま》と、これまた宝塚そっくりだった。

進学校の大手前高校に受かったら当時の制服がダサいこと！　これで三年間過ごすのはいやだから、自分でセーラー服風なものをデザインして着ていった。すぐ呼びだされて、やむなく同じ濃紺の地で上衣をダブルに、スカートの襞《ひだ》を多くすることでなんとか自分でも納得できた。三つ編みにした髪の先に、気分によって様々な色のリボンを結んだり……。

大学では黒ずくめに冬は黒のマント、毛皮のついた、当時誰もはいていなかったブーツ姿で「小悪魔」とも言われていた。

卒業式には、淡いピンクの着物に紫の袴、今でこそ袴姿は珍しくないが、当時は私一人であった。

街を歩いていて男がおしゃれになったと思う。どこか一点にこだわっていて、それだけは譲らないというおしゃれ。

どこかに光るものを身につけている若い男友達。昔の恋人は、じゃらじゃらと懐中時計を取りだす仕種《しぐさ》が魅力的だった。

いつもラフな格好の若者が、キチンとしたスーツに身を固めているのは緊張したさまが可愛い。

男の着物姿は書生っぽくなるか、ヤクザっぽくなるか。どちらも好ましい。

私がJKA（元・財団法人　日本自転車振興会）会長のとき、グランプリの前夜祭には、九人の選ばれたプロの競輪選手にタキシードを着てもらった。競馬やボートのように体重制限がないので、しっかりした胸板がタキシードを着ると見事に映えた。真中に私がロングドレスを着て写真に収まる。男が美しいのを見るのは、女も幸せなのだ。

蜘蛛のブローチ

子供の頃から蜘蛛《くも》が大好きだ。雨上がりの水滴のついた蜘蛛の巣の美しさ！　小学校二年と三年、結核で学校にも行けず、部屋に隔離されていた身には蜘蛛は友達だった。巣の隅にじっと潜んで待っている……その姿勢から生き方を学んだ。

待っているだけで行動を自ら起こさないのだが、獲物からは目を離さず、ほんの少しの動きに素早く反応する。

世界中には実に様々な種類の蜘蛛がいる。ある蜘蛛は空を飛んで遠いところまで旅をするし、一生地中に潜《もぐ》って暮らす蜘蛛もいる。その多様さにすっかり魅了されて、小学校の夏休みの宿題に蜘蛛の研究を提出した。そうしたら先生はじめ、みんなに気持ち悪がられた。

あるとき、アルマーニの銀座タワーで引き出しにしまわれていた蜘蛛のブローチを見つけた。外国では蜘蛛は幸運のしるしでもあり、日本のように嫌われる対象ではない。繊細な細く長い肢が今にも折れそうで、どうしても欲しかった。

銀色のそのブローチは特別なときにしかつけない。

ジュエリーについて

ジュエリーや毛皮といった装身具は、あまり好きではない。毛皮はスポーティに実用で着るならいいが、亜熱帯の日本の電車内や屋外では必需品ではない。ジュエリーのつけ方はもっと難しく、いかにもつけていますという豪華さが気に入らず、かつてはイヤリングくらいはしていたのが、一切つけなくなってしまった。

オードリー・ヘップバーンがパーティの席に上下黒のセーターとパンツルックで何も飾らず出席して話題になったというが、無駄なものを全てとりのぞいてこそ、本物なのだ。

若い頃、森茉莉《まり》さんにインタビューしたとき、黒の上下のパンツルックに、首に小さな黒とベージュ模様のスカーフを巻いていったら、「パリジェンヌみたい！」と言われたのが嬉しかった。

母はキャッツアイやエメラルドの指輪等を持っていて、私につけさせたがり、パールの二重の首飾りを買うと張り切っていたが、私がもう一つのってこないので、結局あきらめた。

今、私が一番使うものといえば、ブローチだろうか。イタリア製のクラシックな緑の石の入ったブドウを象《かたど》ったものや、いぶし銀の繊細な細工の孔雀《くじゃく》を模したもの、リンゴの朱い実に金の鎖のついたものなど、外国に出かけた折々に買った想い出深いものが多い。

日本で買ったものといえば、脚の長い蜘蛛に続いて、蝉《せみ》の大ぶりなブローチ、黒い体にガラスの紅い縞模様がついている。シンプルな上衣にブローチのつけ方や場所一つで雰囲気が変わる。

決してジュエリーが嫌いなのではない。本当に美しい宝石は見ているだけでいい。そのものを見つめているのが楽しく、身につけたいとは思わない。

鹿鳴館の華とうたわれた明治の元勲《げんくん》・陸奥《むつ》宗光《むねみつ》の妻、亮子《りょうこ》夫人が洋装のとき愛用していたダイヤのネックレス……拙著『純愛――エセルと陸奥廣吉《ひろきち》』（講談社／ノンフィクション）を書いた記念に孫にあたる陸奥陽之助さんからいただいた。小粒のダイヤが無数にちりばめられた品のいいもので、ながめていると鹿鳴館の夜会が彷彿とする。

足元のおしゃれ

「あら、きれい！」

インストラクターの女性がストレッチをしてくれながら声を張り上げる。私の爪、深い秋にちなんでワインレッドだ。今回は飾りはなく、色で勝負。こんなにはまるとは思ってもみなかった。

一カ月に一回通っている美容室、映画監督の大島渚さんに紹介されて以来、他には行けなくなった。美容院が嫌いで特に座っている間に何だかんだと話しかけられたり、他の席から様々な話題が耳に入ってくるのも愉快ではなかった。

全くそれがなく、心からリラックスできる瞬間、疲れがぬけていく間に、髪を染め、カット、そして軽くセット、地下の一室で顔のマッサージ。一通り終わると二時間半から三時間かかる。その日は、そのために時間をとり、京都からわざわざ来てくれる、パリでアレクサンダーなどと共に審査員などをつとめた美容界のレジェンド先生のカットを受ける。

アシスタントの二人の女性達も静かで余分なお喋りはなし。その一人はいつも爪がきれいだ。ネイル専門家だけにさりげなく快い色使いをしていて、ある日、私もやってみる気になった。若い人のような様々な模様ではなく、あくまでも色で季節感を出し、たまに金の線やガラスの粒をつける。

「髪をやっている間に終わりますよ」時間がかかるのが嫌いな私のことがわかっていて、そう言ってくれるので試してみた。春のもやのような乳白色に一本の金線、紫陽花《あじさい》色に薄緑の粒、一月に一回、私が行くのに合わせて考えてくれる。

マニキュアと違って、面倒くさがりの私は何もせずに約一カ月はもってくれるのがありがたい。

「今度はどんな色ですか？」

方々で楽しみにされると、私ももともと色や形を描くのが好きなので、その時期の服装を考えて、合わせられるよう工夫する。

急に知人の葬式があったときに困っていたら、上から肌色のマニキュアをし、終わったら除光液で拭けば元の色にもどることも教わった。


足元のネイルまではできないが、靴下や、最近はヒールの無い靴を楽しめるようになった。小柄なので、少しヒールのあるものを愛用してきたが、足首を骨折したのがきっかけで、ヒールのない靴やスニーカーに目覚めた。

しっかりした厚手のスニーカーなどは似合わないので、出来るだけシンプルなもの。一番のお気に入りは、アルマーニの白や黒、単色に細いひもで結ぶだけのもの。何にでも合ってくれる。

スポーティなパンツルックはもちろん、スーツ姿にも合い、意外にドレッシーなスカートに合わせても相性がいい。

歩くのにも疲れないし、右足首、左足首、左手首と三年連続で骨折したこともあり、せっかく元通りにもどって歩ける今、自分の脚を信じて心も軽くヒールの無い靴で出かける。講演やテレビなど人前に立つときだけヒールのある靴を持参してはき替えればいいのだ。

第3章

本当にいいもの、好きなものを使う

本当にいいものとはどんなものか？

亡くなった美術評論家でエッセイストの白洲正子《しらすまさこ》さんは本当にいいものを知る人だった。着るもの、使うもの、骨董、文学、美術、いいものを見る目を持っていた。

白洲さんがいつも言っていたのは、「ちょっといいものはよくない」ということ「〝ちょっといいわねえ〟と言って買わないこと」だった。

では「本当にいいもの」と「ちょっといいもの」の見分け方はどうするか。

骨董では見る目が試される。目がなければ、偽物を高く買うことにもなる。目を養うためにはどうするか。本当にいいものを日頃からたくさん見ることだという。美術館巡りも大切だし、ウインドーショッピングも役に立つ。ふだんからその気になってものを見ておくと、いざ買う段になって大いに役に立つ。衝動買いをしても間違いはない。

私は一度、衝動買いに近い形で高いコートを買ってしまったことがある。その日、健康診断でずっと気にしていた疑いが晴れ、気分は最高だった。夜にはエッセイ教室の忘年会があるのに、三十分間違えて早く着いた。そのへんを歩いてこようと思って散歩した場所がよくなかった。ハナエモリ・パリスをのぞいたら昔からよく知っている店員が、一枚仕立てのグレーのコートをはおらせてくれる。軽い！　暖かい！　足下までのロングコートは実にシック、一目でとりこになった。当時でも高いと思ったが、気分が高揚し、健康で働けることを思えば……と即買った。

この買い物は成功だった。冬でも秋口や春先でも着られるし、軽いのと品質の良さで飽きがこず、気に入っているコートである。衝動買いでも、いいものを見ていたおかげで失敗をせずにすんだ。

ものが溢れる暮らしは疲れる

身のまわりの整理をしながら、なんといらないものが多いのかと思う。街へ出れば、これでもかこれでもかと様々な意匠を凝らしたものに出合う。

戦中戦後のもののない時代を知る身には、もののあり余るのを嘆くのは贅沢に思えはするが、あまりの氾濫は疲れるばかり。何か一つ買えば包装紙、ケース、リボン、説明書などなどまたたくうちにゴミの山。これが果たして贅沢だろうか。

いらないものは捨てればいいと言われても、ものの命を考えると捨て切れず、ものが増え、いらいらはたまるばかり。つくづく、簡素な暮らしがしたいと思う。本当に好きなものだけに囲まれて、ひっそりと暮らしたい。無用のものたちに邪魔をされずに。

本当に好きなものとは何か。

たとえば今いちばん贅沢な時間といえば、夕刻、気に入りの揺り椅子に座って、暮れなずむ空に目をやる。薄暮から闇に変わる間を私はこよなく愛している。とりわけ都会の夕暮、ビルの窓に灯がともり、東京タワーが輝きはじめ、徐々に明るさを増していく。背後では好きなオペラのアリアや、ヴァイオリンのソナタが奏でられていればいい。それだけで十分に幸せで贅沢な気分になる。

欲をいえば、壁に一点、アンリ・ルソーの本物の絵がかかっていてほしい。それはかなえられそうにはないが、好きな画家の絵ならば、大枚はたいても一つだけ本物の絵が欲しい。あとは何もなくていい。

日常からふと足を離している瞬間、それが私には最高の贅沢なのだ。心を遊ばせると私はとたんに幸せになる。目先に追われ、忙しさの中に埋まっていると息苦しい。

好きな器には物語がある

毎日の暮らしの中にも、心を遊ばせる時間を組み入れる。たとえば旅を日常にする。旅とは日常から離れることなのだが、物理的に旅をしなくとも、いながらにして旅をする。

毎日使っているご飯茶碗、茶呑み茶碗、箸、皿、すべて旅先で買ってきた。本当に好きなものばかりだ。淡い白に黄の色が入ったこっぽりした茶呑み茶碗は、島根県の宍道湖《しんじ》のほとりにある布志名《ふじな》焼の舩木研兒《ふなきけんじ》さんの窯《かま》で求めたもの。

あの日、広い窓ガラス一面に宍道湖が波立っていた。あんな暗く激しい宍道湖を見たのは初めてだった。

その茶碗を両手にはさむとき、私の目には、あのときの波が見える。寂しい風景の中で、一点、淡い白に黄の茶碗がどんなに優しく思えたことだろう。一瞬、現実から足を離して、心を遊ばせる。

ご飯茶碗は萩の網目。それを求めた店の外には、夏ミカンの鮮やかな色があった。ようやく手に馴染んで、色も落ち着き変化してきたのにうっかり割ってしまった。仕方なくありものの茶碗で食べていたが、気に入らないものを使っていると心楽しまない。それに思い浮かぶ風景も人の顔もない。

やっと最近、会津の本郷焼の富三窯《とみぞう》で、手描きの白に藍の薄手の茶碗を見つけた。高台《こうだい》が少し高めで形がゆったり優しく、すっかり気に入った。本当に納得できるものしか作らないという頑固な富三さんの顔が浮かぶ。おかげでやっと食事がおいしくなった。

自分の気に入ったものにめぐり逢うことはなかなかない。その代わり、これと思ったら高くても買う。そして日常に使う。いつも好きなものを使っていれば心楽しく、大切に扱うことにもなる。

ふだんに使ってみてわかること

高価なもの、珍しいものだからと、割れたり傷がついたりするのを恐れてはいけない。一度も使われず日の目を見ないよりも、多くの人に愛でられ、使われることこそ、ものは喜ぶ。

大切にしまっておいて、忘れていた中に、高価なものや思い出の品がないわけではない。忘れないためにはどうしたらよいか。大切に箱にしまって押し入れの隅などということのないように、好きなものほど目につくところに置きたい。そして使ってやる。

毎日の暮らしの中で使ってやること。うちではご飯茶碗でもお茶の茶碗でも、気に入ったものをふだんに使う。高価なものだからとしまったりしない。

割れたら、仕方ない。

使うからには割れることも、傷つくことも覚悟せねばならない。それでも、使うことが、ものの命を大切にすることだと私は思う。

いいものほど割れやすく、傷つきやすい。大切にしていた古い九谷焼の大皿が、愛猫が机に飛び乗ったとたん、滑り落ちて細かく割れてしまった。猫が悪いのではなく、落ちやすいところに置いた私が悪いのだ。

割れものを修復する仕事をしている知人に相談したら、一年後に、見事に戻った。一見まったくわからない。古美術的価値からいけば、無傷のものと、一度割れて修復したものではまったく価値が違うのだが、私にとっては同じである。好きな皿が戻っただけで十分。売ろうとは思っていないからだ。

愛するもの、大切なものほど、目に触れるところに置いて、常に愛でてやろう。ものは輝いてくるし、自分の記憶の中で忘れ去られていくことはない。どうでもいいものは忘れても仕方ない。

ものを捨てるだけでは何も解決しない

「シンプルに暮らす」とは、ものを捨てることではなくて、「ものを大切にすることだ」と思っている。最初は私も、ものを捨てることばかり考えた。しかし、それでは解決しない。いきついたのは、ものを大切にする、ものの命を使い切ることだと気がついた。

私は祖母が結婚の際に着た打掛けを大事にしている。今ではできない染めと織り。ぼろぼろになってもいいところだけつぎはぎして、母が私の着物にしてくれた。

居間の紫檀《したん》のテーブルも、実家の座敷でずっと使っていた。洋家具のテーブルにはないものだ。

磨けば磨くほどツヤも出るし、美しさも増す。アンティーク家具としての値打ちも出てくる。ヨーロッパの国々、イギリスやフランスなどでは、家具は親から子へ、子から孫へと引き継がれる。日本でもそうであった。だからこそ、かつての日本家屋ではシンプルな暮らしができたのだ。

年寄りは、若い人にはガラクタとしか思えないものを大切にとっておく。「早く捨てちゃえば」と古いものを捨てるよう私も以前母に言ったが、若気の至り、今にしてものを大切にすることの意味を思う。いつまでも大切に使おうと思えば吟味して買う。いいもの、好きなものを選ぶ。長く使い込む。愛着が出て、新しいものや目先だけモデルチェンジしたものに目を奪われない。

時代とともに新しいものはできるが、よく見ると材質も何もかもちゃちになっている。私が少女時代に買ってもらったピアノがある。一見ただのスタンドピアノだが、調律に来る人がいつも言う、「本当の象牙を使ったものなんて今はありませんよ。大事にしてくださいね」。

見たところは新しくていいピアノがいくらもある。けれども、私のピアノを大切にしたい。少女時代の私の夢を大切にすることだからだ。

オペラ歌手に憧れて、音大に進みたいと思って芸大出の女の先生に土曜ごとに声楽を習った。電車を降りて蔦の絡まる洋館に近づくと、ピアノの音がした。玄関のドアを開くと、習っている人たちの靴が並んでいる。胸がときめいた。結局、声楽の道はあきらめたが、家へ帰るとピアノに向かって、習ったばかりの歌をうたった。その頃の夢とともに古いピアノは今もリビングにある。

ものを簡単に「捨てろ」ということは、ものを大切にしないこと。〝消費〟という二文字に組み込まれて、本物の暮らしに近づくことはできない。

思い出は捨てられない――父の描いた油絵

捨てられないもの、それは「思い出の品」である。

思い出の品とは何か。思い出は過ぎ去ったものであり、今を生きる自分には必要ないかといえばそうではない。その品を見ることで、自分の生きてきた過程を見ることになる。

父や母の遺したものも、自分が育まれた歴史を物語り、父母を偲《しの》ぶよすがになる。

父の遺したものでいえば絵がある。私の父は子供の頃から絵描き志望だったが、軍人の家の長男だったので、無理やり幼年学校・陸士と軍人の道を歩み、敗戦とともに公職追放となった。

父の書斎はアトリエで、画集や石膏で埋まり、ひまがあると油絵を描いていた。中国から松花江《しょうかこう》や寺院のスケッチが送られてきて、そのスケッチを屛風《びょうぶ》に表装して私の枕元に置いていた。父が住んだ旅順の煉瓦《れんが》の街並とアカシアも、行ったことがなくても、私にとって馴染んだ風景だった。

父は自分がなれなかったぶん、戦時中苦労した画家の面倒をみていたので、戦後父が苦境に陥ったときはその画家たちに助けられた。

時代とはいえ、まったく向いていない職業につき、無惨な結果に終わったことを考えると、父の遺した絵には万感の思いがこめられていることがわかる。

マンションの壁に五枚掛けて父の思い出としているが、実家には額に入った絵が数十枚あった。親類、知人で父の絵をと言ってくださる方には、差し上げて大切にしていただいている。

絵の中に母を描いたものが数枚ある。幼い頃、父が母をモデルに描いている場面が記憶の底にある。着物を着た上半身のものは母の葬儀で、白と紫の花の中に写真代わりに使ったら好評だった。

洋装や半分裸身のものもある。父のというより、父と母の記念だから大切にしている。壁面を利用し、残りを倉庫にまとめて時々掛け替えている。

思い出は捨てられない――母の着物

母の残した着物については、私が着る以外は、差し上げたり貸したりして、できるだけ母や私の好きだった人に活用してもらっている。いとこの娘が結婚するというので、母の打掛けを私の振袖に直したものをお色直しに着てもらった。知人の中国人の女医のお嬢さんが結婚するので、もう一枚の母の打掛けを振袖にしたものを使っていただいた。

偶然二人とも、同じ日が結婚披露宴だった。

母の家は新潟の昔の地主だったので、八日八晩披露宴があり、花嫁はその都度違う打掛けを着たという。娯楽のない時代、それが人々の楽しみでもあり、貸衣装などないから、自前で京都の呉服屋に注文した。

今ではとてもできない手の込んだ刺繍《ししゅう》や色使いで、六枚は戦後経済的に苦しい頃に売り、二枚は私の振袖になった。振袖は着られないから、若い人たちに着てもらえば、母も着物も喜ぶだろう。

その他に陶器や蚊帳《かや》や座布団など、残したいものはまとめて実家に置いてあったが、軽井沢の山荘を建て増ししたときに移動させた。

ものにも供養《くよう》の気持を忘れない

若い人と食事をして、挨拶がきちんと言える人に出会うと嬉しい。家庭が目に浮かぶ気がする。

そうやって育った子は、親になると自然に伝えるだろう。

「いただきます」「ごちそうさま」には感謝の心がこもっている。食べ物を作ってくれた人に対する感謝、食事を作り与えた父母への感謝、気持が入っている。手を合わせる動作にも、目に見えぬ神や仏に対して自然に手を合わせる気持がある。

わが家には小さな仏壇が一つある。仏に毎朝手を合わせ、水を取り替える。子供の頃からの習慣で、しないと心が落ち着かない。信心深いわけでも熱心な仏教信者でもないのだが。

お彼岸《ひがん》は必ず墓参りをするし、盆にはおがらを焚《た》いて先祖を迎え送る。日頃は忘れていても、その瞬間、私の存在を思う。過去から来て未来に向かう点にすぎないからこそ、今を大切にしたいと思う。

血縁に限らない。子供は作らなかったし、欲しいとか、子孫を残したいとか考えはしないが、私という存在はすでにあるのだ。それを大事にすることは、私より先に生まれたすべての人や、これから生まれ育つ人とかかわることなのだ。受け継いだものは、何かの方法で伝えたいと思う。

ものを大切にし、感謝するのもその一つである。

捨てるときにも「ありがとう」の気持を込めて捨てたいと思う。私の心をなぐさめてくれた人形、祖母が生まれてくる私のために心を込めてつくった薬玉《くすだま》、ぼろぼろになって手放すときには、心から「ありがとう」を言いたい。

日本には供養という言葉がある。

「針供養」をはじめとして、「鯨供養」など、食べ物に対しても、一年に一回は供養のお祭りをし、感謝を表す。おかげで一年を送ることができた。食べることができた。針供養は使った針を集めて供養し、着るものを縫った人、織った人、作った人への感謝を表す大切な行事だ。

供養とは、他者への思いをいたすこと、「ありがとう」の気持を伝える行為である。作った人への想像力、他者への思いやりが含まれている。

何気ないあいさつや、行動の中に、それを思い出させてくれるものがある。思いやり、想像力が、他者と暮らすうえで大切だ。人間だけでなく、自然との共生のためにもなくてはならない。私たちの先祖が残してくれた中に伝えるものが様々ある。それを見つけ出し、お互いを大切にすること。大量生産、大量消費の時代だからこそ、こだわりたい。

器の思いがけない使い方

その日の料理に合った皿を出し、テーブルをととのえる。それが私の役目である。

食器類は好きで旅先で買い求めたものがあり、どれに何を盛ればいいかを考える。思いがけない使い方を考えるのは楽しい。もともとの目的以外でも、合うと思えば色々に使う。

盃《さかずき》を小鉢にしたり、塗り椀でご飯を食べてみたり、煮物用器の蓋《ふた》を皿にしたり、何か違う使い方が見つかると嬉しい。わが家でいつも活躍するのは大鉢や大皿で、その上に盛り付けるとたいていのものは映える。小さい皿にいっぱいに盛るのはきゅうくつだが、大皿に少し盛るのは品がいい。

その日の気分によってテーブルクロスを変えてみたり、箸置きにいたずらをしたり、ナプキンも様々とり揃えて楽しむ。日本人は、何でも五客揃いとか同じものを使うのが好きだが、全部変えてみたり、その人にふさわしい色にしたり、工夫はいくらでもある。

わが家では食卓の椅子は六脚とも同素材だが、みな少しずつ形が違う。「これが私の椅子」と、親しい友人の一人は気に入った椅子を決めている。黒い革製の寝椅子は、イラストレーターの女性が「ジェームス」と名付けた。

こうした違うものを上手に取り合わせる術は、やはりインテリア好きの欧米人がうまい。とりわけイギリス人は、どう考えても合いそうもない取り合わせを見事に一つの雰囲気に作りあげる。

日本人はすぐパターンに合わせるから、楽しい工夫ができない。この器にはこの料理と決めてしまわずに、そのときの気分や雰囲気で、いかようにも変えて楽しむ。それが遊びである。

遊びとは、融通のきくことである。ハンドルの遊びという場合も、ちょっと融通のきく動きのあることで、遊びのない決まりきったものほど面白くないものはない。

有名な料理店や、気のきいたレストランで面白い使い方を見たら、真似てみるのはいい。ただし、同じものを買ってきて同じことをするのでは何にもならない。自分の今持っているものでいかに応用できるか、自分流にできるかが勝負である。

私の家のインテリアや食器は時々雑誌に登場するが、私がそれを買った店まで紹介されると、その雑誌をもって、私のと同じものを下さいという人がいるとか。なぜ自分流を考えないのだろう。

料理も、本そのままに、皿もその通りにしてはつまらない。いかに応用するか、そこに自己表現が入ってくるのだ。料理も盛り付けも創意工夫があるから楽しい。

遊びとは動きのあること。決まった形にはめ込むのではない、融通のきく動きがあることだ。自分をそこにすべり込ませる自己表現があってこそ、遊びは楽しいのだ。そう思えば毎日の食事の準備もいやにならない。

骨董屋で買い物をするときの心得

骨董好きというのは遺伝らしい。もちろん遺伝子による遺伝であるわけはないから、生活環境や嗜好《しこう》が知らぬ間に親から子へ伝わっている。

私の場合は、父母も両祖父母も古いものが好きだった。これは藤堂家（母方）から伝わった手水鉢《ちょうずばち》だの、ご典医《てんい》だった下重家で代々使ったお重だのと聞かされて育ったらしいからだ。

母も宝石だの毛皮だのより、いい皿を買って料理に使うほうが楽しいという人だった。父も絵描きになりたかった人だから、色彩や形にはうるさかった。

若い頃は一時的には反発も覚えたが、三十歳を過ぎる頃から、私の中に父や母の嗜好が深く沁みついていることを感じ、どこかへ講演に出かけたり、旅に出て知らぬ土地へ行くと、必ずといっていいほど骨董屋をのぞく癖がついた。いくら欲しくとも、その日仕事をしたぶんより高いものは買わないと決めておかないと、つい手が出る。

不思議なもので、私の好きなものは品物が向こうから呼ぶのだ。神経をとぎすましておくと、棚の上、机の片隅から呼んでいる。そこへ目がいって、手に持って眺める。そのものと私の間とに走るものがある。直感で買うことが多い。それが初期伊万里だの、古九谷だのといわれても、向こうから呼ばないものは買わない。

単なる知識や、いわゆる骨董的価値でお金に換算するのではない。自分のセンスを大事にしたい。

困ったことに、やはりいいと思うものは古く値も張る。そんな場合は自分が買えなくてもいい。ただ自分の美的センスが試されるのだから真剣に見つめる。最近は傷などは一見全くわからぬようになっているし、偽物も巧妙になっているから、本物を見る目を養うのは容易ではない。

骨董屋に入ったら、こちらが品物を眺めて選ぶのではなく、店の主人もまた客を選んでいるのを忘れてはいけない。骨董といっても、いわゆるガラクタではなく、本当によいものを扱う店では、こちらの目が試されている。

客の選ぶもの、目のつけどころ、その品物についての聞き方、それで「おぬし、できるな」ということがわかる。会話は白刃《はくじん》の切《き》っ先《さき》を合わせるのと同じ、こちらも骨董屋の主人の話し方を見て、だいたいの見当がつく。

そのうえで、店の奥から他の客に見せないものが出て来たり、蛇《じゃ》の道は蛇《へび》で、好きなものはお互いすぐ通じ合う。

仲良くなると次からは店に行くのが楽しくなる。お茶を飲んで雑談をし、情報を得る。私の蒐集品である筒描きの収集には、東京の仲のいい骨董屋さんにずいぶん協力してもらった。

小さな骨董店を開くの記

そんなに古いものが好きなら、古物商・古美術商の資格を取ったら、とあるときすすめられた。そうすれば専門家の市へ行って買うことができる。簡単そうなので、私もつれあいもその気になって取っておいた。

それが役立って小さな骨董店を開くことになった。もう四半世紀以上も前のことである。

まさに「ひょうたんから駒」、自分で骨董店を開こうなどとは考えてもみなかった。たまたま大学時代の友人が所有する赤坂のビルの一階にある三角の面白い空間があいた。どう使うのがいいだろうかと一緒に知恵をしぼっていて、自分でやることになってしまった。

私自身は時間もないし、愛想のいいほうではないからお店には向かないので、知人のセンスの良さそうな女性を店員にスカウトした。つれあいも暇なときは見てくれるというので、一九九三年の五月末に開いた。

今までに買い集めたものも一部あるが、新しく求めたものもある。店の名前は私の名をとって「ギャラリー暁《ぎょう》」。店が小さいせいもあるが、気がつくと酒器が多い。多分、私たちが酒好きのせいなのだろう。店はその人を反映する。

最初は、自分の好きなものが売れるとがっかりした。

「あら、売れちゃったの？」とくやしい気がしたが、それが好きな人の手に渡ったと思えばいい。私がいい、好きだと思ったものが売れると、やはり買った人との間に通じるものがあって嬉しい。

買わなくとも通りすがりに、「あら、きれいね」とか「なんとなく気持がいい」と思って下さるだけでもいい。その店の前を通る。入ってみて美意識を少しでも感じてもらえるなら、それでいい。今の日本が失った古きよき時代の美、おおらかな作風、それを取りもどすことは、経済効率一辺倒の時代を反省し、本当の心の豊かさを取りもどすことに通じる。

自分の手許になくてもいい。美しいと思ってくれる人の手に渡るなら……やっとそう割り切れるようになった。四年間楽しんだが、趣味でやったものは全く採算が合わなかった。

お気に入りの器　1

出かけるたびに器を買った。私には憑かれたように熱中するときがある。蒐集癖などまるでないのだが……。旅先で目が合うと二度と会えない思いが先に立つ。

四十〜六十代にかけて、全国に講演に出かけた。朝北海道で仕事して、夜は九州で講演などというスケジュールも平気だった。ちょうど更年期にあたっていて、めまいが激しくタラップの手すりにつかまって、ようやく搭乗しながらも、せかされるように知らない土地へと足を運んだ。

そこで何が待っているか、出かける前に、土地の伝統工芸品、特に器と染めや織りについては調べておく。土地の人に聞いて、列車までの間、飛行機に乗るまでにどこへ行けるかプランを立て、仕事が終わると直行する。いったい仕事が主なのか自分の趣味が主なのか。正直に言えば、出合いたいものがあるから仕事を引き受けたときもある。そのためには、人のあまり知らない辺鄙《へんぴ》な土地がいい、どんな山奥でも離島でも喜んで講演を引き受けた。

車が現地に近づくと胸が高鳴る。

盃や徳利などの酒器、茶呑み茶椀、皿、何か一つ私のための土産があれば幸せだった。揃いでは高価なものも、出来れば一客ずつ。そのほうが面白い。

母も新潟の古い家に伝わる九谷の酒器や、蔵にしまわれた塗りの椀など大切にしていたから、ＤＮＡは私に引き継がれたのだろう。

父が転勤族だったから、荷が着いてみると、華奢ないいものから割れていて悲しかった。一枚一枚ていねいに紙や布で包んだものを開くときはハラハラした。割れていないかと……。

同じことは、外国から帰ってトランクを開けるときの薄手のグラス、陶器や磁器の皿やカップ。

毎朝、紅茶を飲むロンドンのフォートナムメイソンで昔買った無地と小花模様の二つのカップは、使いすぎて、白一色のほうが微かに削れても愛用しているし、ハンガリーの郊外まで買いにいったヘレンドの朱の模様の可愛いコーヒーのデミタスカップは、使うのがもったいなくて、お客用にする。

ベルギー政府観光局から招待でリモージュまで出かけて買った薄手のワイングラス、本当に爪ではじいただけで割れそうな生地に細い線描きの文様……別送品で無事着いたときには歓声をあげた。

友人から贈られてきたヴェネチアングラスの真紅の一揃いも、五木寛之さんから結婚祝いにいただいた金の小鳥たちが樹々に遊ぶ、少し厚手のグラスも、使ってすぐリビングの隅の飾り棚にしまい込んでいる。

そうだ使わなきゃ……四十代五十代は暮らしで蒐めた時期、これからはそれを楽しむ時期になったのだから。

お気に入りの器 2

以前は、素材の味を生かした民芸調のものが好きだった。塗りでいえば、八雲塗りのこ、つ、ぽ、り、と厚い無地の皿、使いこまれた桶など。それが年を重ねるにつれて、繊細な薄手のものが好きになってきた。

「年をとると優しいものが好きになるのよ」

とよく母は言っていた。紬《つむぎ》とか大島とか、シャキッとしたものを着たがる私に、好みは変わると忠告していたのだが、確かに着物も固いものより柔らかいものが身に沿うように思えてきた。

器も同じである。塗りなども京都の金箔等で内側に月や柳を描いた「象彦《ぞうひこ》」のものなど正月に出して使ってみたくなる。塗りも乾燥すると割れやすくなって、焼きもののほうが金継ぎなどできるが、塗りは修理も難しい。

日本では、正式にはテーブルに食器を置くのではなく、一人ひとりの前に朱や黒の塗りの膳を出す。そのために組まれた塗りの食器があって、結婚式などにはその膳を据《す》えて、家の座敷に客人を招《よ》んだ。

母の里では、学者だった叔父が結婚するときまで使われており、妻になった雑誌編集者だった叔母はそれを見て面喰らった様子だったという。

その叔母も亡くなり、二百年経った家も豪雪地帯ゆえに取り壊され、更地になった。

あの蔵にあった祖母しか正式の組み方が分からなかった何十組もの塗りの膳はどうなっただろう。わずかに黒と朱の塗り箸だけが私のところに来た。年月と共に剥《は》げかけてはいる。

あの近隣では、「上《うえ》の家《うち》」と共に「下《した》の家《うち》」と呼んで地主として慕われていた古い家はもうない。戦後、都会を逃れていった私達一家を迎えた三つの蔵の白米や、二つの池の清水で冷やした西瓜と共に。

一番身近に使えるものは、箸と箸置きである。わが家では毎日同じものを決して使わない。その日の料理や気分によって変える。

料理が趣味のつれあいが作るので、器や箸を選ぶのは私の役目。今までに蒐めたものの中から気に入ったものだけを入れた引き出しから取り出す。

箸置きも木やガラス、無地や模様など、こんな小物で気分が変わるのが愉しい。折々に目についたものを買っておく。盧山人《ろさんじん》もどきあり、海外に出かけた際、JALの食事についてきた真紅の小さな陶器の折鶴、あまり可愛いのでお願いしてもらってきた。

何だって箸を置けば箸置きになる。四季折々、紅葉の一葉だって梅や桜の小枝だって、タンポポやボケの花だって……。

よくぞ日本に生まれけるという一例だ。

第4章

七十歳からの着物始め

夏になると着物が恋しくなる

照りつける太陽の下、真白い衿《えり》に薄物を重ね、きりりと帯をしめた姿は見た目に涼やかである。だが真夏の着物は、着るのがつらい。着物を汚さないために、さらに汗とりの肌襦袢《はだじゅばん》を重ねなければならない。

私が好きなのは、六月になって単衣《ひとえ》に変わる頃である。

緑が重いほどに感じられる木蔭を、木洩《こも》れ日に目を細めながら、白大島の足許《あしもと》も軽く歩いてみたい。雨に濡れたアジサイに足をとめながら、深い藍の「塩沢《しおざわ》」に蛇の目をさして歩いてみたい。

そぞろ単衣の着物に心奪われるのは、その時期が短いせいであろうか。絽《ろ》や紗《しゃ》の薄物に変わる前、六月いっぱいのはかない命である。夏の到来を告げる単衣の着物、この頃になると私は、一度は着物を着たい誘惑に駆られる。

生地は、やはり「大島」「結城《ゆうき》」「塩沢」といった紬がシャキッとしてよい。中でも大島の持つ光沢と張りが好きだ。

奄美大島を訪れた際、大島紬の泥染めと織りを見た。あの細かく光る織りは、奄美にいる「ハブ」の肌からヒントを得たものだという。着物の染めも模様も織りも、もとはといえば、みな自然を真似て生まれたものだ。

だが本場大島は高すぎる。さりげなく着たくてもそうはいかない。単衣は特に気取らず、お買物や街着にしてこそ粋なのに……。

そんなとき私が愛用しているのは「十日町紬」である。最近は大島に似た風合いのあるものができていて、遠目には区別がつかない。着心地もキリッとして、生地も大島より丈夫で、地厚でしっかりしている。何よりもお値段が手頃で、何気なく着るのにちょうどよい。

私の持っているのは黒地に薄いグレーで、野の草花を織り出したもの。夏の着物は濃い色でも淡い色でも単色がいい。特に紬は、黒、藍、白といった色のないものが合っている。最近は本場大島でも、友禅風に様々な色を使ったものがあるが、どうもいただけない。せっかくの生地を殺している。

旅先で手に入れたその土地ならではの織物

新潟県の十日町は織物の町。もともとは縮織《ちぢみおり》などが多かったが、今では紬、お召し、西陣風の振袖と、京都で作るものと見分けがつかないほど帯以外のありとあらゆるものを織っている。八割の人々が織物に関連していて、様々な技術を入れて必死で取り組んでいる。

郊外に行くと、田植えのすんだばかりの水田のそばに機《はた》小屋がある。農家の内職として、機を二、三台置いて、おばあさんやお嫁さんが、野良《のら》仕事の合間にとりかかる。

特に農閑期の冬場は、機織りのシーズンである。大雪で三メートル以上も積もることもあるが、二階の窓まで積もった雪の中にこもって、どの家でも機がひっきりなしに動いていた。

そして二月、雪まつりのときには、機織りの手をシャベルに持ち替えて人々は雪の芸術を創る。その雪まつりを見に行こうと思ったら、雪が少なくて果たせなかった。

私はかつて一カ月のうち半分くらい旅をしていたが、その土地にはその土地の織物があり、見て歩くのが楽しい。絣《かすり》、黄八丈、紬などなど。大島では、ハイビスカスの蔭《かげ》の小さな小屋でひっそりと機が織られていた。

事情が許せば気に入った一反を求めるのもよい。東京よりははるかに安いし、持ち合わせのないときは、着払いの方法もある。

仕立ててもらう場合には、自分の寸法を憶えておくこと。洋服と違って普通寸法で間に合うことが多いが、裄《ゆき》と身巾《みはば》を知っておけば、袖が短すぎたり、前がはだけたりしない。

私なども普通寸法だが、裄だけ一尺六寸八分と長い。かつては自分の浴衣ぐらい学校で習ったものだし、私も縫った憶えがある。せめて自分の寸法は知っていたい。

夏は、暑いからこそ涼やかな着物がよく似合う季節である。

着物の暮らしを夢見ながら

旅に出ると、着物が増える。私は旅先で、その土地の織物や染物を探して時間が許せば必ず寄ってみるからである。昔ながらの縞や絣の木綿も入れれば、各地に織物があり、染めるための紺屋《こうや》さんがある。数が減ってがっかりもするが、店や織元を探して歩くのが楽しい。

気に入ったものがあれば、少々高くとも買う。高いといっても東京で買うのとは違って半値くらいになることもある。旅先で持ち合わせがない場合は送ってもらい、着き次第、振り込むことを約して帰る。

その場で気に入ったものがあれば購入し、なければ見本を見て注文する。手仕事だから半年から一年かかるものもあるが、出来上がってくるのが待ち遠しい。

秋田では秋田八丈、浜松ではざざんざ織、郡上《ぐじょう》では郡上紬に渡辺庄吉さんの藍染め、沖縄の人間国宝・平良敏子《たいらとしこ》さんの芭蕉布《ばしょうふ》というふうに一枚ずつ好きなものを買って仕立てる。

益子《ましこ》の日下田《ひげた》さんの藍着尺《きじゃく》と、盛岡の茜染めが送られてくるのを首を長くして待っていたときは楽しかった。

それを眺めるたびに、その土地や、心を込めて織ってくれた人、染めてくれた人の顔や話を思い出す。それが楽しい。同じものでも東京で買ったのでは縁が薄い。二度三度訪れる土地では、二度三度と織元を訪ね、顔馴染みになる。

着物に仕立てたものは箪笥にしまい、私の箪笥には、こうした美しい思い出のある着物が何枚も眠っている。

「まあ、もったいない、着ればいいのに」と言われるが、今のところは箪笥のこやしである。それでいいとも思っている。

今の生活では、着物を着て暮らすというわけにはいかない。東京にいれば仕事に追いまくられ、なかなか気持にゆとりを持てない。こんな状態では着物は着たくない。どこへでも着て行けるほどは着なれてもいないし、いつの日か、着物を着て暮らせる日を夢見ている。

眺めているだけで楽しい「箪笥のこやし」

ある時期から私はずっと着物だけで暮らそうと思っていた。それをいつからにするかは難しいのだが、それまで少しずつ着始めておく。子供の頃は家に戻ると着物に着替えていたので、それほどたいへんではなかろう。それまでせっせと箪笥のこやしを増やしておこう。

母は着物が趣味で子供の頃から洋服はあまり作ってくれなかったが、和服なら喜んで作ってくれた。亡くなった母の着物もある。枚数にはこと欠かない。母娘が同じものを帯を変えるだけで楽しむこともできた。私が旅先で買ってくるものもたいてい地味なものなので、母がまず喜んで着てくれた。

折にふれ、まだ袖も通さぬ、箪笥のこやしの着物たちを私はそっとあけてみる。取り出して色を眺め、柄ゆきに目を細め、織りの一つひとつを確かめる。すべての調和をゆっくりと鑑賞する。

こうした楽しみ方ができるのも和服ならではである。洋服は着ているときは楽しいが、洋服ダンスにぶら下がっているだけでは、あまり眺めたいとは思わない。箪笥のこやしは意味がない。着る楽しみはあるが手に取って眺める楽しみはないからだ。

着物は、着なくても眺めているだけで楽しい。鑑賞に耐えられるものさえ買っておけば、決して古くはならないし、美しい。

眺める楽しみのほうが多いが、これが着る楽しみになったらと思うと空恐ろしくもなる。私のことだから、小物の一つひとつに凝ってしまうだろうし、いくらお金があっても足りない。そう考えると、着物だけ着て暮らす夢を実現するのは難しい問題だったのである。

着こなしの要《かなめ》は衿元

「男は女性の胸を愛さず、衿元を愛する」。外国人が日本人に感じるナゾの一つだという。これは和服の衿元の美しさへの男性の関心を指すのだろうが、衿をぬいた長い首筋は着物姿のポイント。

日本人の骨格は首が長くないそうだから「衿をぬく」のは、首を長く見せるための苦肉の策だったのかもしれない。最近はギスギスした体に洋服の感覚で衿をつめ、細い半幅の帯を下目にしめる若い女性を見かけるが、やせた人が衿を合わせすぎるときゅうくつになり、反対に太った人は肉がよけい感じられる。

四角いものを丸く着るのがキモノ。衿元のゆとりを大切にしたい。首のつけ根にコブシを一つ置いたくらい長襦袢の肩を背中にずらして着るのがコツ。首の両側でゆるめて前は深く合わせる。長襦袢の衿を着物の衿より五ミリひっこめ、洗濯ばさみで留めておき、帯を締めてからはずすと、うまくおさまる。

真っ白な衿、真っ黒な首、真っ白な顔はおかしい。首も化け忘れないように、粉をはたいて首と顔の境目をぼかしておきたい。

憧れの着物暮らし、お手本は佐藤愛子さん

佐藤愛子さんにお目にかかったときに、ある年齢になったら着物を着て過ごしたいと話したことがある。

華やかに効果的に着物を着ていらっしゃるのをお手本にしたかったのだ。

「それなら五十代までに着なれておかないと無理よ」

五十代を過ぎると、着物を着るのがしんどくなるという意味だったかと思う。きちんと着物を着て帯を締めると、シャンと姿勢はよくなるものの、ずっと着ていると疲れてくる。家にもどって早く脱ぎたくなる。五十代までの元気なときに着なれておくことしかないというアドバイスであった。

毎日に追われてとても着物を着る余裕がないまま、最近になって急に着物が

着たくなった。

もともと、なで肩の鳩胸、着物の似合う体形だから着てしまえばいいのだが、着るまでがおっくうなのである。着物を決め、それに合う帯、帯揚げ、帯〆、下着、と用意するのはいいのだが、問題は帯を締めることである。簡単にうまく結べない。着物を着るのは一人でできるが、帯が問題だ。そこで正式の帯以外は、お太鼓の部分と胴に巻く部分の二つに切って仕立てておくと自分ですぐできる。

ベルトの上にお太鼓をつけるだけだから、洋服を着るのとたいして時間は変わらない。二十分から三十分あれば十分である。

がぜん着物が楽しくなってきた。六年間のＪＫＡ（元財団法人　日本自転車振興会）での宮仕えを辞めて以来、地唄舞のおけいこを復活したので着物で通う。かつては浴衣を持って洋服を着ていったが、今は家から着物を着ていく。

馴れてくると面倒ではなく、今度はどれを着ようかという楽しみが増えてくる。母がいたらどんなに喜んでくれただろうかと思う。今は母の代わりに能の家元の家に育った八十歳の女性がアドバイザーになって、様々な着こなし方を教えてくれている。

愛子さんの五十代より二十年遅れて七十代になってやっと着物に目覚めたのである。

着物を生かすも殺すも帯次第

瞽女《ごぜ》の小林ハル（人間国宝）をノンフィクションを書くために三年にわたり取材した。『鋼《はがね》の女《ひと》——最後の瞽女・小林ハル』（集英社文庫）と題して、新潟日報の夕刊に連載もした。瞽女とは、目の見えない女の旅芸人のことで、新潟県の高田と長岡に戦後まで残っていた。唄ったり、「葛《くず》の葉《は》子別れ」などの段物《だんもの》を土地の有力者の家に泊まって毎晩聴かせた。娯楽のない時代、旅先のニュースと共に人々に愉しみを与えた職業である。

後に人間国宝に選ばれた小林ハルさんに会って感心したのは、思わずこちらが正座してしまうほどの品格と人間性を持っていたこと。そして着物姿がいつも帯と見事に色彩や柄が調和していたことだ。目は見えないので手触りで憶えるという。最後は「胎内やすらぎの家」という目の見えない人のための老人施設に居たので、そこの寮母さんに、どの着物と帯、帯〆が合うかを見てもらって、手触りで憶え、箪笥にしまう。それを頼りに次の機会に着る。浴衣ぐらいなら若い頃の訓練で縫えるというから、着物のことも詳しい。瞽女唄を舞台で聴かせるときはこれ、施設で人に会うときはこれと決めている。

私も帯選びは日頃から心がけておく。定番を一つ、その他に二、三候補をあげて、そのときの気分で選ぶ。着物と帯が決まれば、帯〆と帯揚げは自然に決まる。同系色は間違いがないが、面白味もないので、時に色衿に合わせて反対色で遊んでみてもいい。洋服の感覚で柄物など上手に使うのも悪くはないが、面白くはあっても、私は、やっぱり着物は着物らしく、季節感を生かして品よく着こなすのが好きだ。

「困ったときの白」とは、地唄舞を習っていた梅津貴昶《たかあき》家元の言葉。

歌舞伎座を一人の素踊りで満員にするほどの知る人ぞ知る名手。衣裳から小道具、舞台背景まで自分で考える実にセンスのいい男性《ひと》である。習いごとをするなら第一人者にというのが大事と心得ているので、ある雑誌のインタビューで初めて会ったとき、「もしその気になったら」とあつかましくもお稽古をお願いして十年以上、間があいても続けてきた。私が習うというより、家元の舞はもちろん着物や舞台の美しさに惚れこんでいたからだ。

武原はんさんの住居だった六本木の「はん居」にある能舞台のおさらい会に毎年出て、少しでもその感覚を盗みたいと思っていたが、近年家元が病気がちでしばらく会っていない。その家元の言葉、「着物と帯で困ったら、帯〆と帯揚げを白にすると品よくまとまる」は、その通りで結局は白で収まることが多い。

素踊りは衣裳や化粧でごまかせないから飾るということを極端に削る。指輪などのアクセサリーはいっさい御法度《ごはっと》。ネイルなどとんでもないので、すべてつけたものを取り払って素の自分になってお家元と対峙《たいじ》しなければならない。

私流・着物のおしゃれ

着物に関しては、母から引き継いだものが多い。年を重ねても着物には厳しく美意識があり、八十歳を前に白地に薄紫の模様の素晴らしい着物を新調してあったのを、八十一歳で亡くなった死出の衣裳として着せてやった。

彼女のセンスは時にモダンで、大胆な絵羽織風のコートを正月に着てお稽古にいったら、地唄舞のお家元にほめられた。私の持っているコート、ショール、バッグなどほとんど母の決めたものだ。

母が父と結婚する前、旅順に赴任中の父とお互いを理解するため百通近く文通した。

それが開けたことのなかった箱から見つかり、その中に、母が父におねだり

ときにもお父様はちゃんとお返事を書いていたそうでもないが、ほとんど毎日手紙を書いていたそうで、父が母のために帯をプレゼントしようとしたとき、

をしているくだりがあった。父が母のために帯をプレゼントしようとしたとき、母は正面とお太鼓の部分に油絵を描いてほしいといったのだ。

父はやむなく軍人になったが絵描き志望で、書斎はまるでアトリエ、母をモデルにした絵も多い。だからこそ帯に絵を所望したのだろうが、その発想が面白い。たしか一つは芥子《けし》の花。幼い頃見た憶えがあるが、母は気に入ってよく締めていたせいか、油絵のところからほつれてきて、私が欲しいと言ったときには、使えなくなっていた。

着物とお揃いの絞りの布地でバッグを作ったり、草履《ぞうり》に張ってもらったり、他人の持っていないものを工夫した。

今でも引き出しに溢れんばかりの帯〆や帯揚げ、特に帯〆には、洋装用のダイヤのブローチを礼装用に。それから嫁入りの衣装として用いたかんざしの鼈《べっ》甲《こう》の松竹梅を切り離し、帯〆の中央に飾ってお目出度い席に、などなど数え上げればきりがない。

着物には自信があったらしく、馴染みの呉服屋に頼まれて他人のアドバイスやらコンサルタントをしていたが、いっそ職業にしていたら、花開くこともあったかもしれない。

母の遺した着物は親しい人に形見分けをした。本当に私が好きなものだけは残して、私が着るようにしている。

不思議なことに、その着物を着ると向こうから、私に寄り添ってくるようで、何とも着心地がいい。着馴れているせいか、母の想いが伝わるのか、感傷的にはなりたくない私なのに、特別なものに感じるし、他人様《ひとさま》も、一様にほめて下さるので、似合ってもいるのだろう。衿元から胸袖から裾にいたるまで肌のようにぴったりするのだ。

それに加えて私は下品にならない程度に粋（心意気）を心がける。

着物と帯はそもそも江戸時代花街の芸者衆が身につけたもので、吉原では、花魁《おいらん》が豪華な衣裳の前に帯をしめてみせたが、片方で町方の辰巳《たつみ》芸者は帯を後ろに締めた。辰巳芸者とは深川芸者のことで、江戸から辰巳の方角にあったのでそう呼ばれ、私達のいわゆる後ろで結うお太鼓は辰巳芸者がはじまり。粋を表すものだったのだ。男を真似て羽織りを着たのも辰巳芸者だったといわれている。

第5章

暮らしの立居振舞を美しく

習いごと嫌いの茶の湯入門

ある雑誌で「茶の湯紳士録」というシリーズの対談をしたのが縁で、「茶の湯」を習いに行ったことがあった。

若い頃、友人たちはお茶だお花だと習い事をしていたが、そうした花嫁修業的な習い事に反撥《はんぱつ》し、つっぱっていたせいもあって、とんと手を染めないでいた。ただ利休のいう茶の心には強く惹かれていたし、あの狭い空間を宇宙とする、日本の美の極に触れたい思いは常にあった。

いいチャンスだからとできるだけ茶の心がわかっていて、順番や決まりではなく、その心を教えて下さる先生を希望すると、編集者が紹介してくれたのがすばらしい先生だった。

現在、原美術館になっている原家の令嬢で、本当に茶を愛し、その心を楽しんで教えて下さる。御殿山のご自宅へうかがうことになった。自宅の庭に茶花《ちゃばな》を植え、随筆も書かれる女主人の品の良さ、立居振舞の優雅な美しさに、週一回は何とか習いたいと努力を続けた。

手ほどきからお願いしたのだが、素人の私にもわかりやすく、ふくささばきから、あらゆる作法は、利休の心から出ている必然性のあるものだと教わって納得がゆく。

それまで私は茶の湯の形式にある種の抵抗感を持っていた。形式のための形式ではなく、もともとは心を表すための形なのだと知って茶の湯が近くなった。ところが困ったことに、私にはあの形式がなかなか憶えられない。少し頭に入った頃にはまた仕事が忙しくて途切れてしまうので、次にはすっかり忘れている。

こんなに私は頭が悪かったのかと情けなくなる。他の人たちはすいすいとこなしていくのに、私一人ついていけない。私だって人一倍早く憶えられるものもあり、脳裡にたたみこまれた風景や感懐は決して忘れないのに、どうしても駄目なのだ。

これは、茶の湯が好きではないのか。本質的に興味が持てないのかと、利休の説くところをもう一度読んでみる。その言葉の一語一語は腹の底に沁みわたり、自然に血や肉に消化されていくのに、茶室での作法になると、どうしても憶えられない。

思うに私は、子供の頃から決められたことが大嫌いで、一つの枠の中で事柄をやることが不得意だった。自分の興味の持てるものや、自分の心に耳をすませ、自分に忠実になることばかり追ってきた。

今度だって誰に言われたわけでもなく、茶の心に興味を持ったからこそ習いに行ったのにと何とも情けない。

その話を、師である女《ひと》に素直にぶつけてみたら、

「順序を憶えていただこうとは思っていません。いつでも茶室に座りたいと思ったらいらしてください」

と言われてほっとした。

一服のお茶の心と作法

それ以来、ちょっと時間があくと電話をして、茶室に座らせていただくことにしている。師の流れるような点前《てまえ》を見ながら私は、客人、茶に限らず様々な話をする。それは私にとってたいへんに楽しい一刻《ひとときき》で、仕事で疲れた頭が透明になり、静かな豊かさをたたえた心が戻ってくる。

たぶん師もあまりに私の憶えが悪いのであきらめて、四方山話《よもやまばなし》をするように切り替えて下さったのかもしれないが、これだって十分に茶の心にかなっているると私は思っている。

茶掛の古歌を詠《よ》み、その心について話す。庭から朝摘まれた花を愛でる。私が日頃疑問に思っていることをたずねる。

「お茶会というとどうしてあんな華やかな着物を着るんでしょう。茶室の色には全くそぐわない」

と言えば、

「大茶会なら違う考え方もあるでしょうが、紬や渋いもののほうが向いていると私も思います」

と答えられる。

その女《ひと》はいつも茶室の壁や茶掛、花としっくり合う色の着物……その調和にほれぼれし、本物の良さを堪能させていただくだけで満足だった。

あるときは、何かのついでに私の昔の恋人の名が偶然話にのぼり、私はなつかしさを抑えてその人の芸術について師と語った。もう少しで、「その人は私の……」と言いかけるのを抑えるのに苦労した。

考えてみれば、武士も町人も権力者も庶民も対等に一つの空間を共有し、心の底を割って話し、一服の茶を賞す、茶の湯とはそうしたものであったのだ。

結局、茶の湯の作法を憶えることはできなかったが、以前から好きだった焼物や古いものを見る目が深くなり、窯元などでも一つ、二つと抹茶用の茶碗を買うようになった。買ったものはどんなものでも毎日使うのが私の主義だが、その茶碗だけは未《いま》だ使われぬままにたまっている。

茶の心を日常に……それを実践したのはつれあいが先で、毎月鎌倉まで茶道を習いに行っている。流派は江戸千家、それ用の着物や袴《はかま》も新調した。

マンション暮らしに季節感を取り入れる

季節感がだんだんにうすれていくこの頃、変化がはっきりとわかるのは、中学校や高校の女子生徒の服装かもしれない。六月一日になればいっせいに夏服になり、秋も十月一日から変わる。衣更え——俳句の季語にもあるように、季節の移り変わりによって着るものが変わる。

人間はだんだん怠けものになって、衣更えも最小限ですまし、季節を感じる心も失っていく。私の母の時代など、衣更えは年中行事のうちでも一大行事であった。

着るものを夏に替えるのはもちろん、家の中もすべて夏向きに替えた。襖《ふすま》をはずし、全部すだれに替える。座布団から敷物、テーブルクロス、すべてが涼しげに変わっていく。それを見ているのが好きだった。母の指図で〝ねえや〟が納戸にしまってあった夏物を取り出し、手際よく並べていく。冬物は日に当てて、よくほこりをはたいてしまい、汚れたものは洗濯する。

そうして夕刻近くになると、家の中が見違えるようになって新鮮な気分になる。昨日と同じ風なのに急に涼しく感じられ、だから衣更えは好きだった。日本にはそうした生活を楽しむ知恵があって、どの季節でも自然は友達だった。涼風が入る工夫をしたり、障子に映る影を楽しんだり、微妙に揺れ動く美を知っていた。

今は壁にガラス戸。マンションなどでは、夏も冬も同じで、季節感のない家が多い。もっとすだれや障子を利用して、せめてもの季節感を楽しめないだろうか。ちなみにすだれは夏の季語だが、障子は冬の季語である。最近ではそんなことを忘れて、歳時記の中で初めて季節感を見つけたりする。

私もマンションに住んでいるが、部屋の中にいると、雨の音も風の音もしない。今日がどんなお天気なのかも外を見るまでわからない。このぶんだとだんだんと音を聞き分ける感覚が鈍っていくのではなかろうか。

せめてできるだけ戸をあけて外気を入れ、夏などは冷房をほとんどせずに、風の道を通してやる。テーブルクロスなども、涼やかな白いレースに変えたり、鉢に水を張ったり、ささやかながら季節感を演出する。

寒さに向かうときは、暖色を使った毛皮やひざかけなどで、見た目もほっとするように衣更えをしてやる。インテリアについては、一日中考えていても飽きることがないくらい好きなので、家の中の模様替えはちっともいやではない。自分のアイデアで思いがけぬ効果があったときは嬉しくて仕方がない。

季節の演出は、夏と冬の大きなものだけではない。わが家では、古くから伝わる柚子湯《ゆずゆ》や菖蒲湯《しょうぶゆ》、冬至にカボチャを食べることなどはできる限りやる。

おとそやおせちはもちろん、玄関のそばにある古い蔵の網戸に凧《たこ》をかざったり、羽子板をさしてみたり、お正月らしい演出をする。金屏風を持ち出し、その前におとその一式を置く。

何事も形式から入ったり儀式ばるのは嫌いだけれど、最低の生活の中のけじめだけは持っていたい。それによって心も新たになるし、区切りがつく。それでなければ一年がのんべんだらりと過ぎていくだけでメリハリがない。

昔の人が衣更えだの様々な行事を考えだしたのは、生活にメリハリをつけるためだったのだろう。自分が良いと思うものは今の生活にも取り入れて、自分なりのメリハリをつけたい。

何を自分の家の行事にするか。それぞれが考えればいいし、自分たちに必要なものは頑固に守ればいい。その人の暮らし方なのだから。

和菓子のたたずまい

外国の旅が増えるにつれ、日本の簡素な美に憧れ、淡白な味覚と、色彩の美しさに惹かれる。誰にも何も言われないのに、しみじみと日本人であること、日本に生まれた良さを感じるようになった。

祖母がまだ元気だったころ、八畳の祖母の部屋にはいつも和菓子があった。私がたまに部屋を訪問すると、とっておきの古九谷の玉露用の茶碗に、ほんの少し茶をしたたらせてくれた。そしてそこにはいつも和菓子があった。堆朱《ついしゅ》の器や、その都度違う焼物に載せられて、和菓子はつんと座っていた。そこだけ一点鎮《しず》まった美しさがあった。

そんな風景があまりに身近に、当たり前にあったせいであろう。私はその価値と美しさに気づくのが遅かった。

祖母が亡くなって、長火鉢に炭を絶やさない人もいなくなり、鉄びんのしゅんしゅんいう音も消えて初めて私は気づいた。和菓子の美しさ、伝統ある和菓子の淡白な甘味に……。そこには四季折々の色が息づく。そのひっそりした無駄のないたたずまい。

私は和菓子を好きな器に置いて眺めているのが好きだ。目で味わい、舌で確かめる。その和《なご》やかな幸せ。落ち着きのある気分。

ああ日本に生まれてよかったなと思う。着物を着て、好きな器に入れた茶と和菓子を前に座っていたいと思っている。

そのために、旅に出るごとに、本物の和菓子を手土産にすることに目がない。

祖母の一部屋に追放された、私の中の日本が、今、そこから息を吹きかえし、私の中に息づこうとしているのを感じるのだ。

わが家のお正月セット

わが家のおとそのセットは、家に代々伝わるものだ。塗りが少し剝《は》げてきたが、これがないと落ち着かない。

しめ飾りは、マンションのドアの外、そして車に。玄関とキッチンにはおそなえ餅。この餅が最近は傷みやすいとか、かびが生えるという理由で、ビニールの容器でおおわれている。

私はこれが嫌いで、生のままの餅のおそなえを探して歩く。今年は運良く見つけることができた。ないときには特別についてもらう。

起きると私とつれあいは着物を着る。

つれあいは大島の羽織と対のもの、私は黄八丈《きはちじょう》など着やすいものを着る。それで改まった気分になる。私は男の着物姿が好きなので、正月、つれあいの着物姿を見るのが楽しい。どんな男性でも日本の男性が着物姿になると、いなせになったり、書生っぽくなったり、日常にはない魅力がある。

お正月ぐらいはこだわりたい。若い頃はお正月が大嫌いだった。ふつうの日でしかないのに妙に格式ばっていて、儀式すべてに反抗していた。ところが今や、特別こだわって楽しむようになった。

お節《せち》料理はつれあいが作る。おとそをいただき、お節をつまみ、お雑煮はおすましに餅二切れ、鶏と椎茸にセリ。

お重や、箸、箸置き、椀にいたるまで吟味して好きなものを選び、金屏風の前に並べて、改まった雰囲気にする。日頃は金や銀色はあまり使わないのに、正月にはぴったりしたりする。

初詣も欠かさない。まず近所の氏神さま、このあたりでは氷川《ひかわ》神社だが、

「トンツクトントン」と太鼓のおはやしが聞こえるとかけ出したくなる。お守りを買って、そのあと車で増上寺へ。ここで破魔矢《はまや》を買い、甘酒を屋台で飲んで帰宅。

ゆっくりと年賀状を見る。毎年山のようにくる年賀状、自分は一切書かないのに、もらうのはやはり嬉しい。

なぜ書かないかというと、年末は忙しくてその暇がないのと、やはり正月になってから、その気分で書きたいからだ。そうすると、どうしても寒見舞になってしまう。

私らしくありたいと願う　初まいり

母追えば　夢の枯野に見失う

その年の気持を一句読んで、印刷し、必ず一筆書きそえて出す。私の場合は、寒見舞と親しい人はわかって下さっているから失礼にはならない。かえって印象に残るらしい。

私の朝の習慣

「マダム・ソレイユ」は私のニックネームだ。ソレイユはフランス語で太陽、ひまわり。少女の頃、中原淳一画・編集の雑誌「それいゆ」を愛読していた。なぜマダム・ソレイユかというと、何か事があるとき、必要なとき、必ず晴れるので、いわばお天気女。フランスでは占い師という意味もあるとか。かつてマダム・ソレイユと呼ばれた著名な占い師がいて、大統領をはじめ様々な人に頼られていたとか。少し怪しげなところも気に入っている。

目覚めると真先に寝室の窓のカーテンを開ける。九時〜十時の間、夜が遅いので、朝が遅い。つれあいとは隣室とに分かれたので、何の遠慮もいらない。

窓の外の天気を確かめる。雨が急にやんだり、雲の間から太陽がちらとのぞいたり……なぜか私が顔をのぞかせると、太陽もあわてて後を追う。

大きくベッドの上で伸びをしてまだ起きない。五分ほど寝たまま体を動かす。両膝を折って左右に曲げること四十回、そのあと、片脚ずつ膝を曲げて蹴《け》るようにして十回、次に伸ばしたまま高く上げて十回。

四十八歳からバレエをやったせいで体は柔らかく開脚して前に体をつけることなど、今でもできる。しかしこれは夜寝る前にやって、朝は、胸を起こし軽く腹筋、両足首と手首を空中でぶらぶらやって終わり。急ぐときはすぐ起きるが、時間のあるときは、その日のスケジュールを考えたり、電話をしたり、忘れないうちにあれこれやっていると三十分は過ぎる。このダラダラした時間がなんともいえない。やっと体を起こして歯を磨き、洗顔、風呂に三分の一湯を張って足湯を約五分、タオルで首を温める。

着替えをして私の部屋にある小さな仏壇から三つ、水を入れるための盃《さかずき》を重ねる。仏壇のそばの去年亡くなった妹のように大切だった女性の写真の前の紅い盃と、隣室のつれあいの部屋から、ロミやサガン、かつて私が愛し、共に暮らした猫の写真の前の白い盃も共に、水を替える。それだけは毎朝欠かさない。

信心深いわけでも先祖や家族を大切にしているわけでもないのだが、ずっと以前から習慣になっていて、それをしないと気がすまない。うっかり忘れた日は、一日中すっきりしない。講演で地方から帰ったり、軽井沢から戻っても、真っ先に水を替える。

私の『家族という病』(幻冬舎新書)がベストセラーになり、家族は幻想などと言ったりしたものだから、私は親不孝の典型と思われるかもしれないが、実は、仏壇に毎朝手を合わせたり、お彼岸のお墓参りなど欠かしたことがなく、意外に思われる節もあろう。

自分で決めたことは必ずする。一人暮らしの母の存命中も、毎晩夜九時過ぎに電話をすることを欠かさず、親孝行かというと、さにあらず、自分に忠実なだけ。朝のお勤めを果たさないと一日が始まらない。

朝は紅茶がいい

日曜の朝、遅い朝食をとる。朝食というより朝と昼との間、ちょっと気取って〝ブランチ〟と呼んだほうがいい。仕事柄朝が遅いので、毎日が本当はブランチなのだけれど、休日は私のような自由業でもほっとする。都心のマンションから見える通りにも車は少なく、空もいつもより澄んで、緑を渡る風もゆったりしている。

「ねえ、今日はベランダにしない？」

つれあいに言う。二人で紅茶のポットを運び、焼きたてのパンを運び、ソーセージにサラダを……と忙しげに働いていると、愛猫のサガンがいた頃は急にそわそわしはじめる。

「あ、サガンも一緒にネ」

というわけで、朱いサガンの食器も運んでベランダに置く。

東南に面したベランダはさほど広くはないが、テーブルと椅子を置く幅はある。秋から冬にかけては遅くまで日が射し込むが、夏は気の早い太陽が通り過ぎて、蔭をつくりはじめている。

隣の敷地にあるシイの大木の緑が重く、姿は見えないが、小さく囀《さえず》るものがある。時折大きな羽音をたててカラスが飛んでくる。サガンはキッと身構えるが、平気な顔をして、一声「アア!」と鳴いて、飛んで行ってしまう。カラスも私たちのブランチが羨ましいのかもしれない。

風が吹くと、マンションの敷地内で大きく育ってきたケヤキの枝が、ベランダの柵に触る。サガンは走っていってその枝にじゃれる。

一杯目の紅茶が終わってポットから二杯目を注ぐ。カップは取材の折にロンドンで求めたミントトン。白地に小花模様が散っている。最近は愛らしいものも好きになった。

なんといっても朝は紅茶がいい。知人に教えられてロンドンのフォートナムメイソンに直接頼んでファーストフラッシュを送ってもらう。少し手間はかかるがそのほうが香りがいい。

鉛筆を削りながら……

私にとっての小休止は、鉛筆を削ること。ワープロはおろか万年筆も時々疲れるので、そんなときは鉛筆書き、三菱ユニのBと決めた。

鉛筆削りは、ドイツ製の小さな親指ほどのもの。ナイフではないが、自分で鉛筆を回さないと削った気がしない。「ジャー」と音がして即座に削れる削り器が好きでない。音もいやだが、すぐ削れてしまって息つくひまがない。

私は鉛筆を削る間、のんびりと鉛筆を回し、ほっと息をつく。いわば鉛筆削りは私にとって仕事の句読点。そこで呼吸をととのえる。猫がいた頃はついでにサガンに触れることでストレス解消。触れるだけで心が休まり、血圧が下がるという実験結果もあるという。

息をゆっくり吸ってゆっくり吐く、その吐き方が難しいというが、私はその吐き方が下手ではないと思っている。吐くのは心を遊ばせること。原稿を書いていても、根をつめていては吸ってばっかりになるから、いかに上手に吐いていくかがつかめれば、マイペースで仕事ができる。

忙しい忙しいといって仕事に追われるのはいやだから、涼しい顔をしていたい。子供の頃から、人前ではいかにも遊んでいるふりをした。勉強していると思われるのがいやだった。

仕事が一段落して立ち上がり、さあ何をしようか。

私の場合、煙草は吸わないから、一服といっても紅茶を飲むくらい。一日に何杯もミルクティーを飲む。

平和で心休まる一刻、先刻まで差し込んでいた日差しはもう残っていない。

外出前、外出後の習慣

見かけのせいか、きちんとした人だと誤解されているらしい。実は、自分にとって大事なことだけはやるが、あとはどうでもいい。はなはだルーズな性格である。

B型人間の典型である。おまけに双子座、美空ひばりと同じ誕生日である。興味も分散しがちで、身のまわりは整頓とはほど遠い。

着るものなども大雑把に分かれていて、玄関の右側に靴箱が壁全面にあり、全て靴や草履、履きもののいっさいと傘類が入っている。開ければすぐ見渡せるので、その場で洋服や気分に合わせる。

コート類の戸棚、寝室に続くウォーキングクローゼットと衣裳棚、窓を除いてほぼ全面ふさがっており、一面だけは着物用である。真中にベッドを置き、手を伸ばせばその日着るものは手に入る。

ある時期から夏冬の入れ替えが面倒になり、夏用も冬用もいつでも扉を開ければ出てくる。

おしゃれだけは昔から好きで、旅先でも必ず着替えているのでよほど荷物があるかというと、大き目の手提げバッグのみ。

「よくそんなに、どこに入ってるの？」と感心される。

というのも今流行のキャリーバッグが苦手で、手で提《さ》げている。

一度軽井沢の帰り、列車に乗る寸前、走ってきた若い女性のキャリーバッグにぶつけられ、ホームに顔の左面を打ちつけ、しばらくお岩様のようにはれ上がったことがあった。キャリーバッグは便利だが、凶器にもなりうる。若い人が勢い余って走って引くのも危ないが、年寄りがモタモタしているのももどかしいので、自分では持たない。外国旅行以外はまず使うことがない。

出かけるときは荷物は出来るだけ少なくがモットーだ。そのために最低限の必需品のみにして、化粧用にはコンパクトと口紅のみ。

出かける前に点検したつもりが、外へ出てから忘れ物に気がつくのもしばしば。若いときから忘れ物の名人で、ハンドバッグ丸ごと置いてきたり、そのあとを辿れば行先がわかるほどだ。

この頃は、スマホと財布とメモ帳とこの三点セットだけは確かめる。化粧品など忘れてあわてて途中で買いに走ることも。

一つの事に夢中になるとあとはどうでもよくなるので、タクシーや電車を降りるときは、あたりをよく見まわすことを義務づけている。

まだガラケーを使っていた頃、雨の日にポケットからすべり落ちたのに気づかず、帰宅後にないのに気づいた。マンションの入口まで辿ってみると、タクシーを降りた場所に枯葉と共に雨に濡れているのを発見。結局使えなくなってスマホに替えた。

帰ったら持物は寝室のベッドの上にほうりっぱなし。手を洗い、うがいをすますと、風呂の湯を満たす。新聞や手紙類にザッと目を通すうちに、もう満杯になり、ともかく外の疲れと汚れをとる。入っている時間は短いが、それが外と内を区別するための習慣。

ホテルに泊まるときも、仕事が終わり時間があると、部屋に戻り、三十分で入浴、着替えをすませて夕食などに出かけ、その変わり身の速さにあきれられている。

第6章

心を遊ばせる時間をもつ

旅の仕方でわかるその人の生き方

旅をするときは、「持たない暮らし」を練習してみよう。若者は荷を少なく楽に旅をするのが上手なようだが、少し上の世代になると、旅を特別に考えて、あれもこれもと持っていく。

旅慣れた人というのは、余分なものを持たない。昔、雑誌「旅」の名編集長だった戸塚文子《とつかあやこ》さんから旅先で下着を洗う方法をうかがった。下着を着たままで風呂に入り、石鹸をつけて体を洗い、それから干《ほ》す。そうすれば下着も少なくてすみ、別に洗う面倒がない。

欧米人の旅でうまいなと思うのは、古くていらないものを着ていき、現地の布などを買い、体に巻きつけて洋服の代わりにし古いものは捨てる。海辺などでは、そのほうがずっと素敵な装いになる。靴もヨーロッパやアメリカは安いから、私は捨ててもいいものを履いていって、新しいものに履き替える。旅支度をいかに少なくできるか。必要最小限のものを持つ訓練をいつもしているつもりである。

旅から帰って一度も使わないもの、着なかったものがあったら、無駄なものだったのだ。次の旅から、経験を生かして持っていかないこと。私は持っていった洋服は必ず着る。アクセサリーなども必ず使う。無駄なものを持ち歩いた旅となっては、くやしいではないか。

化粧品など、ビン入りの重いものは、軽くて小型のものに移し替え、旅の資料も前もって目を通し、必要最小限に。ガイドブック類は一冊だけ。旅で読みたい本も一冊。

ただし薬だけは量を惜しまぬようにする。使い慣れた薬がないと、いざというときに困るからだ。

旅は人生の縮図といわれる。

いかにコンパクトに荷造りするか。いかにシンプルに行動するか。

旅をしてみると、その人の生き方がわかる。

旅は「持たない暮らし」への試金石なのである。

土産は自分の思い出のために買う

旅の楽しみの一つは土産である。土産は字の通り、その土地で産するものでなければ意味がない。ところが最近では、九州へ行けば土産品店には九州全部のもの。北海道に行けば北海道全部のものが置いてあり、とても土産とはいいがたい。

もっとひどいのは、民芸品店など「諸国民芸」と書いて日本国中、あるいは東南アジア、南米まで、あらゆる国の民芸品が置かれていることがある。私の友人で知らないこととはいいながら、四国の高松で南部の鉄びん（岩手産）を買ってきた人がいる。売るほうも売るほうなら、買うほうも買うほうである。

だから土産を買うには、こちらの目がよほど肥えている必要がある。出かける前に、どこにはどんな塗物があり焼物があるかなど、ちょっと参考書を読んでおくだけでよい。

私はいちおう自分で調べ、自分の興味のあるものなら、土地へついてから、いちばん伝統的で、昔ながらに作っているところを聞き出す。できればそこを紹介してもらって訪ねる。たいてい陶器か織物である。

織物では、九州は宮崎県の綾町《あやちょう》を訪れたときのこと。ここには綾の手紬と呼ばれる紬がある。昔あったものを土地の若い人が復活させ、田の草のカリヤスで染めたり藍をたてたり、自然のものしか使わない。中でも幻の貝紫と呼ばれる優しい紫の復元に日本で初めて成功し、話題になった。私はカリヤスで染めた地に貝紫の線の入った紬の着尺《きじゃく》を一反求めた。

このように、土産は自分のためにしか買わない。近所や知人に、安い土産品を買ってみても、今は東京で何でも手に入る。旅をして荷物が増えるくらいいやなものはないから、私は一つの土地で自分のための土産を一品だけ買う。そのためには日頃貯めたお金や、仕事のギャラをみんなつぎ込むこともある。

いいものを現地で。これが一番上手な買い方で、陶器だって織物だって同じものを東京で求めたら二、三倍くらいになってしまう。作者にもお目にかかっているわけだから、その作品でお茶を飲むたび、ご飯を食べるたび、旅先が目に浮かび、自分だけの楽しみがある。着物だって同じである。私は毎日そうしたものに囲まれて暮らしている。

旅に出かけたのは自分である。その品物から旅先の風景や人を思い出すのは私である。土産は他人のためでなく私のために買うものなのだ。

キューバで買った小さな砂時計

一冊本が完成すると、自分へのごほうびに旅に出かける。キューバも『家族という病』を書き終えたときだった。

キューバの街中の建物は鉄柵のあるしゃれたものが多く、バルセロナの街にいるような気がしてくる。スペインの影響は各地に見られる。

様々な模様の鉄柵は美しい。特に、世界遺産に指定されているハバナ東部の街の劇場や淡いベージュやピンクを使った壁、ベンチで休憩する人々、広場の真中にはバオバブの木がある。まわりの店々では手作りのレースを売っている。紋様が素朴で私も土産に買い求めた。

観光地としてもこの国は最適だ。カナダなどからは、ハバナを経由せず直接地方都市に入る便もある。ホテルも完備している。

時々の不便さえ気にしなければ、キューバはできるだけ今のままのキューバであってほしいと願うのは、まちがっているだろうか。

ヘミングウェイの愛したキューバ、その片鱗があちこちに残っている。

キューバを去ったヘミングウェイは年をとってから銃で自殺してしまう。今もキューバの人々は、ヘミングウェイを慕って、銅像などゆかりの地にたくさん建てている。

私はその記念館で、キューバと書かれた小さな砂時計を買った。

アラビア風お茶会

一九七七年の春から秋、私はエジプトに半年住んだ。つれあいが中東の特派員になって滞在する場所があったからである。そこで私は、遊牧民族ベドウィンのテントで味わったお茶会と、そこに集まった人々のもてなしが忘れられず、お茶会用の一式を手に入れたいと思った。

エジプト滞在中に、スーク（市場）を歩き、古道具屋にも行ってみたが見当たらない。実用品のせいなのか、なかなか市場に出てこない。探して探して、ある日、カイロ一のスーク、迷路のようなハンエルハリリーの出口で、ほこりをかぶった丸い銅板に出合った。

よく見ると古いもので、花や鳥や見事な彫りが施《ほどこ》されている。お茶道具はないかと聞くと、手洗いの水差し、金だらい、把手《とって》のついたコーヒー沸かし器、シャイ紅茶のグラスなど奥から次々と出てきた。全部買うからと言うと、値は急に下がって、私は車に運んでやっと持ち帰った。日本に帰るときも、郵送してなくなると困るので、飛行機用の荷として抱えて帰った。

私の家では、ときに友人を招いてお茶会もした。アラビック風コーヒーと紅茶、そしてクッキーだけだが、道具自体が面白い。客にアラファト風の赤と白、黒と白などチェックのターバンをかぶせると気分は砂漠のお茶会。何もなくとも珍しいので、みな喜んでくれた。

高価なものがあればいいのではない。珍しいものがあれば、シンプルにいくらでもパーティはできる。アラビックな音楽でもかければ最高。春にはお花畑と化す砂漠のお茶会ののどかさを味わうことができる。

岡田眞澄さんがゲストのときアラビア風衣裳でテレビ放送されたことも懐かしい思い出だ。

パラグアイで見つけたレース編み

夏の涼しさを倍加してくれるのがレース編みだ。色は白、それも真白というより、さらしただけの自然色の白さが好きだ。ベージュがかった和やかな白さが、かえって手編みの良さを引き立てる。

その中に、私にしては珍しい思い切った色のレース編みがある。真紅に緑で模様を編みこんだテーブルクロスだ。長方形の大きなもので、同じ真紅に緑を使ったナプキンがついている。

これは南米のパラグアイで求めたものである。ある年の冬、といっても南米は真夏であったが、テレビの取材で、ペルー、ブラジル、パラグアイを訪れた。

パラグアイの首都アスンシオンは、静かで美しい街だった。街をはずれるとすぐ草原になり、見渡す限りの青空の下で、牛馬がひたすら草を食《は》んでいる。どこまでも続く草原を一路車を駆っていくと、小さな町に出た。町といっても、鶏の遊ぶのどかな民家がかたまっているところである。その民家の庭先に、様々な色の布が大きく張られて立てられている。

紅、青、ベージュ、白、黄。それはそれは目も彩《あや》な美しさが、どの家の前にも展開されているのだ。

私は思わず目をみはった。これは何だろう……。車を降りて聞いてみた。するとそこは有名なレース編みの町だという。家の前に張られた布はみな手で編まれたレースだったのだ。

テーブルクロス用の大きな木の枠にはめられて、そのままの形で並べられている。道の両側にずらりと並び、町がとぎれるまで目を楽しませてくれる。実用をそのまま宣伝に使い、どこにもレース編みの字や看板は見えなくとも、一目でそれとわかる。なんと素晴らしいアイデアだろう。雨の少ない土地だからこそできるのだろうが、えもいわれず美しい。

私はその中の一軒に入ってみた。繊細で見事な手編みレースが壁にいくつもかかっていた。

「蜘蛛の巣編み」といわれる手編みレースなのだという。円形に編んだもの、四角や長方形の布のまわりに蜘蛛の巣編みをほどこしたもの、そのいくつもの編み方や色のバリエーション……。

編んでいるのは村の乙女たちであった。風通しのいい裏庭で、椅子によりかかりながら一人の少女がレースを編んでいた。

パラグアイの首都アスンシオンに近い草原の小さな町の裏庭で一人で糸を編み込んでいた十七歳の少女は、こんな話をしてくれた。


昔、この村に美しいが、貧しい少女がいた。恋人に何かあげたかったけれど買うお金がない。さんざん迷ったあげく、神様に祈った。ああ、私はどうしたらいいのでしょう。愛する人にプレゼントするものをどうぞ教えて下さい。ひたすら少女は祈った。そして目をあけると、すぐ前の枝に蜘蛛が巣を張っていた。

それはそれは美しい網。少女は悟った。すぐ家に帰って、思いのたけを糸にたくして編みあげた。それがこの蜘蛛の巣編みです。

十七歳の語り口は、言葉はわからぬが詩でも読むように美しかった。とぎれとぎれに一つ編んでは呟いた。スペイン系の目の大きな黒髪の美しい娘だった。

蜘蛛の巣編みの由来は、恋人にあげるためという説と、神に捧げものをするためという説と、二つあるそうだが、美しく複雑な編み方であった。

レース編みにはやはり心があるのだ。編むという行為は、心を込める、思いを編み込む、という意味があるのだ。特にレースの糸は乙女心のように繊細で傷つきやすい。その一本一本を繰《く》って、小さなもの、大きなものを編んでゆく。

そこには編み手の心が刻み込まれているのだ。手編みのレースは、だからこそ美しい。

私はそこで、真夏の燃えるような太陽を映した真紅に南国の草原の緑を編み込んだテーブルクロスを選んだ。ふだんはほとんど買うことのない色なのだが、南国の乙女の情熱をあらわすのにふさわしく思った。

パラグアイのレースを知り、その心を知ってから、私は必ずレース編みの洗濯は手で大切にもみ洗いする。糸がほつれたら同色の糸でつくろい、色あせたら好きな色に染めて、いつまでも大切に使うようにしている。

藍に感じる庶民の心意気

「青は藍より出《い》でて藍より青し」という。

藍という色は、藍というタデ科の植物からとれるのだが、藍がめに入れるごとに濃さを増して青くなる。その色の変化を浅葱《あさぎ》、縹《はなだ》、藍、紺とそれぞれ呼んでいるが、この微妙な色の変化を見ると、藍が生き物だということがわかる。

藍がめをのぞいたことのある方なら、ぶつぶつと泡が立っていて、見た目には茶褐色のかめの中の液が生きていることをご存じだろう。毎日手をかけてやらねば、藍はたちどころに死んでしまう。手間のかかるぶんだけ、染めあがった色は美しい。化学染料のかちっと固まった色に比べて、温かみと深みを感じさせる。

出雲に長田《ながた》染工場という紺屋さんがあり、昔ながらにのれんや大風呂敷、テーブルクロスなどを藍染めにしている。模様を手描きでするのに、筒に入れた糊で伏せていくので、〝筒描《つつが》き〟と通称言われるのだが、この筒描きをやっているところも、個人を除けば全国でこの長田染工場ぐらいのものだ。

古びた昔ながらの家の前を高瀬川が流れる。そこで染められた藍の布を洗う。胸まである長靴を履いて水につかった職人さんの手さばきの美しさ、そこから生まれてくる魔法のような藍の色、見飽きることがない。

岐阜県の郡上八幡の渡辺庄吉さんは、個人で筒描きをしていた。家の前の側溝を流れる水で布をさらす。ちょっと気むずかしい職人肌の仕事が好きだ。

藍は出来上がったものも美しいが、染まっていく過程が楽しい。薄目の色もいいが濃い色もいい。そして使い込まれて色褪《あ》せてきても、かえって美しくなる。出来上がったばかりの生々しさが消え、しっとりと落ち着いて、褪せれば褪せるほど美しくなる。

藍が人々に古《いにしえ》から愛されているのは、それが自然な色で、人の心を落ち着かせるからだろう。素朴で力強くて、たぶん人類が色を知りはじめたときからある基本的な色といっていい。その証拠に世界中、藍という色のない国はないといっていいだろう。

アフリカ、インド、中近東、中南米……古くから文化のひらけた地方には必ず藍があり、藍染めがあり、絣などの染めや織りに用いられた。

どこの国にもどんな人にも親しまれた色、藍は庶民の色なのだ。シンプルで洗練された美である。日本でいえば、庶民の心意気を感じさせる粋な色といっていい。

江戸時代、庶民は布地に使える色に制限を受けた時期がある。士・農・工・商と身分が分かれ、庶民に許された布は木綿と麻。色は藍と白だった。金、銀、紅などの色、絹や毛は一部の上流階級のものという区別があった。

そうした制約の中で許された布と色で、精一杯美しいものを生み出そうとした。その庶民の心意気が藍という色には感じられる。

本藍が庶民のものだったということを考えると、必要から出たとはいえ、ものの溢れる現代よりも、かつてのほうがずっと贅沢で豊かだったとはいえないだろうか。本物を何気なく使っていたのだ。

化学染料などにはない本物の美しさを知っており、私たちの祖先は、その意味では決して貧しくなどなかった。気持もおおらかで、文様や絵も時代の古いものほどおおらかなのだ。

自分の目と足で探した藍染めの筒描き

陶器や織物が好きで、自分でつくりたいとも思っている。しかしとてもそんな時間はないので、人のものを見たり買ったりして、自分の暮らしの中に取り入れている。

四十年ぐらい前から藍染めの筒描きに魅せられ、骨董屋をはじめ、地方をあちこち歩いて蒐《あつ》め出した。かつてはどの家にでもあった布で、のれん、祝布団、大風呂敷などとして使われていた。大きなものでもすべて手描きで、二枚と同じものはない。模様も鳳凰《ほうおう》、鶴亀《つるかめ》、松竹梅など、たまに朱が入るくらいで藍と白が実に美しい。木綿という庶民に許された布に描かれた素朴で力強い絵にひきつけられ、限られた中で美しいものを生むその心意気に打たれた。

せっせと蒐めはじめた頃はまだ安く、友だちや知人も、そんなに好きならと古いものを譲ってくれた。パリの日本文化会館でパリっ子にお目見えしたこともある。タペストリーにしたり、屏風や衝立《ついたて》にしたりして使っている。他に類似品のない美しいものである。

その後、藍染めの筒描きは買い漁《あさ》られ、今では高価になり、品物がなくなった。民芸館で出合うぐらいである。

私の趣味を生かした暮らしであって、時折、雑誌社などから記事にしたいので見せてほしいと頼まれる。

日本各地の重要文化財の家など、私がこれはと思った場所で時々展示もしている。

ろうそくの焔《ほのお》のゆらぎを見つめる

照明は現代の暮らしの中で極端に人工的になり、様々な工夫が凝らされている。そんな中で、もっとも自然の灯りといえば、ろうそくだろう。ゆらゆらと揺れる焔を見つめていると、思いがけず静かな気持が流れる。わずかな風にも微妙に傾き、やがてまた、もとの姿勢で燃えつづける。あの色が好きだ。そして祈りにも似たあの形……。

落ち着かないとき、気持の動揺しているとき、私は電気を消して、ろうそくを点《とも》す。そしてじっと焔を見つめて、自分の心と対峙する。

ろうそくを点すのは停電のときと、はなはだ実用的なことを言う人がいるけれど、むろんそれも大切な要素である。わが家では、各部屋に一本ずつ非常時に備え、わかりやすいところに必ずろうそくを置き、マッチをそえている。だが、ろうそくの効用はそれだけではない。クリスマス、誕生日、ろうそくの醸し出す雰囲気を思いおこしていただきたい。ロマンチックで、静けさに溢れた瞬間を……。

形も様々で、三角や、四角や、丸や、ねじ曲げたあめん棒のようなのや、丈の短いものや……それこそ、千差万別である。ろうそくのデザイナーまで登場して、手作りろうそくも楽しめる。色も好きな色を融かしこんで、気のきいた贈りものとしても、ろうそくは最適である。

このように、私たちのイメージの中にあるろうそくは、いつのまにかキャンドルと呼ばれる西洋風になってしまった。形も色も雰囲気も、どちらかといえば洋式である。たしかに、ろうそくの楽しさを教えてくれたのは、洋風ろうそくであるけれど、私たちの暮らしの中にだって、昔から、ろうそくがなかったわけではない。形、色、絵付け、芸術品に近いものがいくつもあった。

花や様々な模様を描いた「絵ろうそく」、そして小川未明の「赤いろうそくと人魚」のお話を思わせる紅《あか》いろうそくなどなど。

岐阜県高山からほんの少し富山寄りのところに、古川という町がある、ここに一軒、昔ながらの手仕事で、昔ながらの色、形をした素朴なろうそくを売るお店がある。「三嶋《みしま》和ろうそく店」。一度、どうしても、そのろうそくに出合いたくて、高山から足をのばしたことがある。

紅は中国からとり寄せた染料で秘伝であるとか。鉢の中にはろうそくと糸まきのような棒がある。

初めて見る自然なろうの美しさ、素朴で、豆腐なら木綿ごしの味わいである。大きさも小さなものから、五十センチ近い大ろうそくまで、紅と白（といっても麻のような自然色である）が同じ数だけ並べられている。

私は思い切って一番大きいのを、紅白二本求めた。形も上に広く、裾つぼまりの伝統的なもの。時代に迎合せず、ひたすら昔からのろうそく作り一筋に精進されたご主人の生き方に頭が下がる。

日本にもこんな素晴らしいろうそくがあるのだ。いたずらに真似をするのではなく、日本古来のものに目を向けたい。

困ったことに、私の求めたろうそくはあまりに美しく、もったいなくて棚の上に飾ってある。たくましく素朴なこのろうそくに宿る焔は、どんなに美しかろうと思いながら誘惑に打ち克っている。

そのかわりお盆になると、私は絵ろうそくを燃やす。普通のろうそくと違って、描かれた絵が一瞬、焔の中に舞って消えるようで、なんとも美しく、風情がある。

年をとって深まる目の喜び、耳の喜び

年を重ねて一人でできる楽しみが何より大切になった。持って生まれた五官が衰えないうちにフルに愉しませてやりたい。

特に目と耳、この二つがあれば本を読んだり、絵を見たり、音楽が聴ける。もしこの二つが不自由になったらどんなに味気なくなるかと思ってしまう。

仕事をしているときも、クラシックがいつもかかっているし、本を読むときも同様だ。先日も大好きなオペラ、プーシキン原作、チャイコフスキー作曲の「エヴゲニー・オネーギン」の全曲を聴き終わるまで、何枚書けるか試してみたら、二時間弱で四百字で十枚書き終えた。私は頑固に原稿だけは手書きにこだわっているが、書き始めると途中で直すことがほとんどないので、パソコン

などよりよほど速い。

目は近眼なので遠くを見るための眼鏡は持っているが、老眼鏡は持っていない。本を読むときも、眼鏡をかけることはなく、裸眼で不自由しない（とはいえ、最近、細い字が見えにくくなったのでそれ用の目鏡をつくった）。新幹線で京都などへ出かけるときは、片道で読み切る文庫や新書を持っていく。浜名湖までに半分読めれば、到着時までには読了できる。

上下巻にわたる大部《たいぶ》のものやプルーストの『失われた時を求めて』など十数巻あるものも苦にはならない。先を急いで読み継いで読了したときの達成感といったらない。オペラなどもワーグナーの「指輪」など五夜にわたるものなど挑戦するのが楽しい。疲れはするが、自分との戦いだ。

これが出来ているうちはまだまだ元気。体力というより気力の問題。そのかわり、やり終えると脱力して一日中寝ていたりする。

俳句の友人である女優さんたちに難聴の人が増えてきた。舞台などでは相手のセリフが聴き取りにくかったり、さぞたいへんだろうと思うけれど、みんなまだ第一線で活躍していて嬉しくなる。

まわりにそういう人が増えてきたので、できるだけはっきり大きな声で発音する癖をつけている。つれあいと話していても発音がわるいと細かいところを聞きのがしてしまうことがあるからだ。

私に残された五官、おかげさまで今のところあまり不自由がないので精一杯目と耳で愉しんでおこう。いつか不自由になったときに思い出せるように。

もう一つやっておかねばならぬことがある。それは、私がずっと好きで蒐めたり買ったりしたものたち、焼物や織物など旅先で買ってきてそのままになっているものたちを使い切って死にたい。

中には、買ったことさえ忘れているものもあるし、憶えているのだがどこに蔵《しま》ったかがわからぬものを、時間のあるときに少しずつ出して使い道を考えたり、出来るだけ日常の中でさりげなく自分のものにしていきたい。

文庫版のための〈おわりに〉

暮らし方は生き方

読み返してみると、なんと私はよく遊んできたかがわかる。遊びすなわち、自分の好きなように生きてきたかということだ。

遊びとは何事かをすることではなくて、心を遊ばせることである。言葉をかえれば、ゆとり。仕事をしていてもどこかで愉しんでいる。ぎりぎりで自分を追い込むというよりも、道草をしたり、まわり道をしたりしながら、自分に興味のあることを見つける。そしてそれを手がかりにする。本題にせまる。そのつもりが途中で道草の方が面白くなって、遊んでしまう。

早くいえば、真面目ではなく、いい加減なのである。しかしそのときそのときの自分には忠実で、頑固であり、自分の興味を持った人や物の下僕になることをいとわない。

全てのもとになっているのは、自分という人間であり、その一人の人間が生きてきた軌跡が、毎日の暮らしの中に形として現れる。

衣・食・住、と分けるまでもなく、生そのものが、私という人間が存在した証拠なのだ。そう考えると頑固にならざるを得ない。

暮らし自分流とは、人真似をせず、誰に何といわれようと、自分で考え、自分で選び、自分の好きなものに囲まれて暮らしたいということなのだ。

たとえば、私は椅子が好きだ。この本の中にも様々な椅子が登場するが、数えてみると結構な数が出てくる。しかも全て同じものはない。

リビングのイギリス製食卓をかこむ六脚の椅子も一つひとつよく見ると、背もたれや脚の部分が違っている。というわけでスウェーデンやら日本の古民具など、ちょっと腰かけたり、ゆったりもたれたり、寝ころんだり、仕事をしたりと、様々な私の時間を共有してくれる。
「サワコの朝」という阿川佐和子さんのテレビ番組にゲストで出たら、椅子が沢山置かれていて、そこから好きな椅子を選んで座る趣向だったので迷わず「ブルーノ・タウト」の椅子を選んだら「さすが！」といわれて鼻が高かった。作者のブランドではなく、一番美しかったからだ。

他人の家に招かれると、一目でその人の感覚がわかってしまう。何を美しいと思うか、決して豪華やらお金のかかったものでなくても、簡素でその人の生き方が見えると嬉しくなる。

自分の美意識は自分の生き方の一部である。何をいいと思い、美しいと思うか、生きているということは、その人の美意識が試されていることなのだ。

二〇二二年　春

下重暁子

本書は、2018年1月に海竜社より刊行された『暮らし自分流』を文庫化にあたり加筆しました。
尚、本文中の情報は単行本当時のもので現在は変更されている場合があります。

本文デザイン：福田和雄（FUKUDA DESIGN）
校正：あかえんぴつ
企画・編集：矢島祥子（矢島ブックオフィス）

下重暁子（しもじゅう・あきこ）
１９５９年、早稲田大学教育学部国語国文科卒業。同年ＮＨＫに入局。アナウンサーとして活躍後フリーとなり、民放キャスターを経て文筆活動に入る。公益財団法人ＪＫＡ（旧・日本自転車振興会）会長、日本ペンクラブ副会長などを歴任。日本旅行作家協会会長。主な著書にベストセラー『家族という病』『極上の孤独』『年齢は捨てなさい』『明日死んでもいいための44のレッスン』（以上、幻冬舎新書）、『鋼の女——最後の瞽女・小林ハル』（集英社文庫）、『持たない暮らし』（ＫＡＤＯＫＡＷＡ）、『夫婦という他人』（講談社＋α新書）、『老いも死も、初めてだから面白い』（祥伝社新書）、『自分に正直に生きる』『この一句　１０８人の俳人たち』（以上、だいわ文庫）他多数。

暮《く》らし自《じ》分流《ぶんりゅう》

著者　下重暁子《しもじゅうあきこ》

二〇二二年四月一五日第一刷発行

発行者　佐藤 靖
発行所　大和《だいわ》書房
東京都文京区関口一—三三—四　〒一一二—〇〇一四
電話　〇三—三二〇三—四五一一
フォーマットデザイン　鈴木成一デザイン室
本文印刷　中央精版印刷
カバー印刷　山一印刷
製本　中央精版印刷
ISBN978-4-479-32010-4
乱丁本・落丁本はお取り替えいたします。
http://www.daiwashobo.co.jp